정용준

2009년《현대문학》신인추천에 단편소설「굿나잇,

오블로」가 당선되며 작품 활동을 시작했다.

장편소설로『내가 말하고 있잖아』『프롬 토니오』『바벨』이,

중편소설로『유령』『세계의 호수』가, 소설집으로『선릉 산책』

『우리는 혈육이 아니냐』『가나』등이 있다.

젊은작가상, 황순원문학상, 문지문학상, 한무숙문학상,

소나기마을문학상 등을 수상했다.

표지 그림 Henri Matisse
디자인 이지선

소설 만세

소설 만세

정용준
에세이

민음사

차례

프롤로그

　산문 제목을 '일상의 소설'로 정하고 글을 조금 썼는데
잘 써지지가 않아서 '소설 만세'로 바꿔 봤다. 제목이
바뀌니 톤과 느낌까지 바뀌는 듯했고 막혀 있던 무엇인가가
부드러워지며 스르륵 내려가는 것 같다. '소설 만세'는 10여
년 전 한 동료 소설가가 책에 서명과 함께 쓴 문장이다. 나는
그 문장이 좋았고 다이어리에 적고 마음에도 담았다. '소설
만세'를 썼더니 어떤 문장을 앞에 놓아도 결과적으로 소설
만세로 마무리되는 것 같다.
　어쨌든, 소설 만세.
　그래서, 소설 만세.
　그러나, 소설 만세.
　그럼에도 불구하고, 소설 만세.

좋아 죽을 것 같은 표정으로 손을 번쩍 드는 만세는 아니다. 솔직히 쓰는 동안 그런 기분 느껴 본 적 없고, 다 쓰고 나서도 만세를 외친 적 없다. 대부분 저조한 기분에 빠져 울적한 상태로 글을 쓰거나 쓰려고 하는 게 내 일상이다. 하지만 마지막 문장을 쓰고 마침표를 찍으면 그래도 좋다는 희미한 마음이 든다. 가끔 마침표 뒤에 나만 볼 수 있는 괄호를 열고 '소설 만세'를 집어넣은 뒤 살며시 괄호를 닫곤 했다. 투명해서 나만 읽을 수 있는 그 문장은 중얼중얼 애처로운 주문이 되었다. 나중에는 불가능한 목표를 적어 벽에 붙인 표어 같은 것이 되었고 지금은 불안하여 뭐든지 믿어 보려는 믿음이 되었다. 믿음이 필요해서 믿음을 삼은 것이 믿음이 된다는 것은 논리적으로 말이 안 되는 것 같지만 소설이 필요한 내게 그 문장은 분명 힘이 된다.

소설집 『우리는 혈육이 아니냐』(문학동네, 2015)를 출간할 무렵 작가의 말에도 비슷한 생각을 문장으로 적어 두었다.

아무 힘도 없는 문장 한 줄과 허구의 이야기가 나를 지키고 보호한다는 환상, 현실에 존재하지 않는 인물이 내 곁에 서서 말을 들어주고 종종 대화도 나눈다고 믿는 망상과 어리석음, 이 모든 것들이 나는 좋다.

솔직히 나는 소설에 대한 믿음이 없다. 항상 의심하고 그래서 불안하다. 매 순간 회의감 속에서 쓰기와 읽기를 바라본다. 지금 이 순간도 그렇다. 믿음이 없는데 믿고 싶은 마음이란 뭘까. 믿음이 필요해서 믿기로 결심한 마음이란 또 뭘까. 이런 마음으로 기도하면 누가 듣기나 하는 걸까.

내 일상은 단조롭다. 시시하기 짝이 없다. 취미도 없고 특별한 재주도 없고 새로운 것에 대한 호기심이나 모험심 같은 것도 없어서 어제의 발자국을 오늘 다시 포개어 찍고 어쩌면 내일도 같은 자리를 같은 보폭으로 걸어갈 것이다. 그 뻔한 삶을 그나마 의미 있게 만들어 주는 건 글에 대해 생각하고 실제로 글을 쓸 때다. 그 자리가 너무 깊고 빤해서 나는 내가 따분하다. 때문에 '소설 만세'라고 허세를 떨며 말하고 속으로 중얼거려도 소설을 생각하는 내 일상은 '만세'와 전혀 어울리지 않는다. 신이 나지 않는 단조다. 우울하게 이어지는 사운드를 배경으로 몇 개의 음이 반복되는 멜로디. 긴장도 없고 상승도 없는 밋밋한 전주와 후주.

그런 어두운 표정과 목소리로 "그래도 소설이 좋아요." 이렇게 말해도 되는 걸까? 어쨌든. (소설 만세.)

1부

용기가 필요한 일

소설은 허구가 아니다

프리모 레비의 『이것이 인간인가』를 읽었을 때가 생각난다. 나는 스물아홉이었고 이제 막 등단을 했다. 생애 첫 청탁을 받아 소설 한 편을 붙들고 좀 더 나은 것으로 만들기 위해 애쓰고 있었다. 도서관 책상에 앉아 인쇄한 원고를 놓고 붉은 줄을 그어 가며 한숨을 내쉴 때 누군가 반납한 하얀 책 한 권이 눈에 들어왔다. 눈으로 제목을 읽고 무심결에 그것을 혼잣말로 중얼거렸다. "이것이 인간인가."

끝을 올려 읽은 탓에 그 제목은 질문처럼 느껴졌다. 엉망진창인 내 글을 읽는 것에 진력이 났고 머리나 식힐 겸 책을 들고 자리에 앉았다. 처음에는 그냥 읽었다. 그런데 곧 집중해서 읽게 되었고 마침내 나는 그 책을 대출해서 집에 들고 갔다. 그리고 아침이 밝을 때까지 읽었다. 다 읽고 나서 나는 그 질문에 대해 답을 하고 싶었다. 질문에 대한 답을 소설로 쓰고 싶었다. 붙들고 있던 원고를 내려놓고 새로운 소설을 쓰기 시작했다. 책에서 알게 된 것. 느낀 것. 충격받은 것. 그래서 먹먹해진 마음을 잘 표현해 줄 소설을 쓰기로 결심했다.

지금 생각해 보면 그때의 그 마음은 단순한 호기심이나 강렬한 이끌림 같은 것은 아니었다. 요구였다. 독후에 생긴 강력한 인식이 작가인 내게 요구한 것이었다. 그것에 대해 쓰라고. 그렇게 쓴 소설이 첫 번째 소설집 『가나』에 수록된 「벽」이다.

아우슈비츠의 생존자들은 부끄러움에서 벗어나지 못하고 있다는 말, 나는 이 말이 도무지 이해되지 않았다. 역사의 피해자이자 동시에 영원한 희생자들인 그들이 왜 부끄러움을 느껴야 한다는 말인가? 아우슈비츠에서 살아남은 자들이 느끼는 지배적 감정이 분노가 아닌 부끄러움이었다는 것은 무엇으로 설명할 수 있을까?

아우슈비츠에서는 수용소 인원들 중 몇 명을 무작위로 선택해 '무젤만'이라 명명했다. 아우슈비츠는 무젤만을 특별한 수감자로 바꾸어 놓는다. 그들은 인간이라고 부르기도 무안한 죽음 직전의 생명체들이었다. 무젤만은 일종의 본보기였고, 수용소의 암호였으며, 아우슈비츠의 통치 방식이었다. 내가 주목한 것은 무젤만을 대하는 수감자들의 태도였다. 수감자들은 무젤만을 '걸어 다니는 시체'라고 부르면서 그들을 멀리하고 동료로 여기지 않았으며 심지어 인간이라고 인정하지 않았다. 같은 인종이고 동료였고 가족이었던 그들을 그저, 마지막 경련을 일으키는 신체적 기능들의 집합체 정도로 생각했던 것이다.

그들이 무젤만에게 건네는 유일한 언어는 침묵이었다. 생존자들은 기억했던 것이다. 형제이자 동료였던 무젤만, 얼굴도 없고 언어도 없는 *그들*의 마지막 표정을. 감사 기도 이전의 참회의 기도를. 기쁨의 눈물 이전의 부끄러움의 눈물을.

프리모 레비를 읽고 새롭게 알게 된 것들은 피해자들끼리도 서로 가해할 수 있다는 것이었다. 나치는 영원한 가해자고 유대인은 영원한 피해자라고 생각했던 단순한 구조가 무너지니 혼란스러웠다. 생각이 뒤섞였고 가치 판단을 내릴 수 없었으며 마음도 어두워졌다. 나는 배웠다. 인간은 어떤 순간에도, 어떤 상황에서도, 가해자가 될 수 있구나. 같은 상황에 처해 있어도 인간은 금세 위계를 만들어 내는 존재구나. 할 수 있으면 하고, 하고 싶으면 하는 존재가 인간이구나. 그가 끔찍한 경험을 통해 깨달은 것을, 그가 쓴 것을 통해 나도 깨달았다.

나는 소설을 쓰는 자로서 소설이 비록 허구이지만 그 세계에 존재하는 인물과 인물을 둘러싸고 발생한 사건의 성질을 디테일하게 잘 다룰 수만 있다면 실재 세계의 본질과도 닿는다고 믿는다. 그러니까 읽는 자들은 허구의 세계를 통해 자신의 세계를 비추고 허구의 인물의 내면과 삶의 태도에 공감하거나 동감할 수 있게 되는 것이다. 그것은 내가 소설을 읽으면서 겪은 앎이고 소설을 쓰면서 알리고 싶은 앎이기도 하다. 프리모 레비는 단순한 증언자로 머물지 않고 이 증언의 목적과 가치를 분명히 했다.

지금 이 시대에도 무젤만들이 있다고 믿는다. 죽은 채로 살아 있다고 믿는다. 내가 만든 것은 아니지만 내가 모른 척한 무젤만이 지금도 인간이 아닌 인간으로 거리를 걷고 있다. 의자에 앉아 있고 아무도 모르게 어딘가에 갇혀 있을 것이다. 그들이 겨우 존재하며, 죽지도 못하고 살아갈 때 나의 태도는 어떠했던가. 수용소의 수감자들과 다르지 않았다. 무젤만의 분명한 실존을 나와 우리는 모두 알고 있고, 모두 감각하고 있지만 아무도 말하지 않는다. 존재하지 않는다. 안 보인다. 안 보고 싶다. 그러자 정말 유령처럼 투명해지는 그들.

> 우리가 노예일지라도, 아무런 권리도 없을지라도, 갖은
> 수모를 겪고 죽을 것이 확실할지라도 우리에게 한 가지
> 능력만은 남아 있다. (……) 그 능력이란 바로 그들에게
> 동의하지 않는 것이다.[1]

수용소에서 일어났던 일을 그 배경 그대로 재현하는 것은
너무 쉽거나 너무 어려울 것 같았다. 알레고리를 이용해
비슷한 이야기를 만들기로 했다. 그때 고민했던 것이 벽돌
공장과 염전이었다. 처음에는 벽돌 공장으로 썼는데 다 쓰고
나서 어째서인지 느낌이 잘 살지 않아 소설을 엎고 염전을
배경으로 다시 썼다.

'이것이 인간인가?'라는 질문에 답하는 소설, 어떤 인물은
인간이기를 절대로 포기하지 않는 이야기를 쓰고 싶었다.
그러니까 「벽」은 만들어진 이야기이고 그 이야기의 토대가
되는 것은 어느 시대 어느 사회에서나 일어날 수 있는 역사적
사실인 것이다.

---

[1] 프리모 레비 저, 이현경 역, 『이것이 인간인가』(돌베개, 2007), 58쪽.

소설을 발표하고 몇 년의 시간이 흘렀다. 뉴스를 보다가 깜짝 놀랐다. 소설 속 사건과 거의 흡사한 일이 실제로 일어난 것이다. 섬에 갇혀 염전에서 평생을 일한 사람. 인간으로 누릴 최소한의 권리를 보장받지 못한 채 폭력에 시달리다가 마침내 폭력에 길들여진 사람. 정신이 파괴되어 폭력조차 지배자의 은총이라고 여기는 무젤만이 정말 있었던 것이다. 더 충격적이었던 것은 우여곡절 끝에 구출되어 섬을 빠져나온 사람이 다시 그 섬으로 달려갔다는 것이었다. 비록 착취당하고 견딜 수 없는 피해를 당했던 곳이었지만 그 삶도 자신에게는 삶이었기에 그리워했던 것이다. 그에게는 인권과 자유, 원하는 대로 살고 누구에게도 괴롭힘당하지 않는 세상이란 불가능했고, 아득한 말 그대로 환상이었다. 편안한 환상보다 괴로운 현실을 택한 사람이 지금 이 시대에도 존재하고 있었다.

얼마 후 모 일간지 기자에게 전화가 왔다.

"당신의 소설을 읽었는데 혹시 '염전 노예' 사건을 이미 알고 있었던 것은 아닌가요?"

"아닙니다. 그 소설은 취재해서 쓴 소설이 아닌 허구의 창작물입니다."

"아시겠지만 소설 속 이야기와 똑같은 상황이

발생했잖아요. 아시는 게 있으시면 이야기해 주세요."

"아니에요. 그건 정말 지어낸 겁니다."

기자는 내 말을 믿지 않는 것 같았다. 나는 아무것도 숨기지 않았는데 뭔가를 감추고 있기라도 한 듯한 묘한 기분으로 전화를 끊었다. 그런데 정말 소설은 허구일까? 정말 지어낸 것일까?

허구의 이야기가 과거와 미래의 어떤 날 어떤 순간의 현실이고 실제라는 것이 두렵고 무섭다. 허구를 쓰면 이루어지는 걸까? 아니면 어떤 허구라도 이미 현실에 존재하는 것일까?

단 한 사람의 세계

　내가 소설을 쓰는 자이기 때문이겠지만…… 소설은
무엇인가, 소설에서 중요한 것은 무엇이라고 생각하는가,
표현은 다르지만 뜻은 결국 비슷한 이런 질문들을 종종
받는다. 묻는 자가 궁금한 건 객관적인 정답이 아닌 답하는
자만의 개인적인 기준과 취향일 것이다. 나도 비슷한
궁금증으로 다른 이들에게 이런 질문을 많이 던지곤
했으니까.

　그러면 그냥 대답을 하면 되는데 그게 쉽지가 않다.
생각과 의견이라는 것이 물과 공기와 같아서 때마다 상황에
따라 모양과 느낌이 다르기 때문이고 무엇보다 나는 그
질문을 한마디로 짧게 답하는 것이 몹시 어렵다. '너는
누구인가'와 같은 질문에 타이머 앞에서 답해야 하는 것과

비슷한 느낌이랄까. 그럼에도 불구하고 답을 해야 한다면 나는 다음과 같이 말하겠다.

단 한 사람의 편에 서서 그를 설명하고 그의 편을 들어주는 것.

이 세계에 존재하는 소설은 몇이나 될까? 소설을 줄거리로 요약하고 소재와 주제로 분류, 분석한다면 종류를 헤아리는 것도 가능할 것이다. 소설을 단순히 이야기로만 바라본다면 새로운 것도, 새로울 것도, 때문에 딱히 기대할 것도 없다. 모든 서사에는 원형이 있고 전형이 있으며 보는 시각과 입장에 따라 계보화할 수 있고 장르화할 수 있다. 하지만 새로운 소설은 계속 쓰이고 있고 탄생하고 있다. 왜 그럴까? 쓰이기 전에는 뻔한 내용에 그렇고 그런 기획 의도 같은 것들이 쓰이고 나면 새로워질 수 있는 까닭은 무엇일까?

그건 소설을 쓰는 자가 새롭고 소설 속에 등장하는 인물이 새롭기 때문일 것이다. 같은 이야기일지라도 감독이 달라지고 배우가 달라지면 새로운 영화가 되는 것과 같은 원리랄까.

새로운 인물은 세상에 없던 이름과 조건을 가진 자가 아니다. 듣도 보도 못한 프로필로 설명될 수 있는 자도

아니다. 그의 이름은 너무 많고 그를 설명하는 프로필은
새로울 것이 하나도 없다. 그는 평범한 일상을 살며
겉보기에는 아무것도 아닌, 그렇고 그런 인물일 뿐이다.

「유 퀴즈 온 더 블록」이라는 예능 프로그램이 있다.
포맷은 단순하다. 두 명의 진행자가 거리를 돌아다니며 혹은
실내에서 누구나, 아무나 만난다. 인사를 나눈 뒤 지금 잠시
대화가 가능하겠는지 물어본다. 괜찮다고 하면 의자에 앉아
대화를 나눈다. 그게 끝이다. 그런데 그게 참 좋다. 사람에게
다가가고 그를 보여 주는 방식이 내게는 소설적으로
느껴진다.
　들어가는 문은 비슷하다. 이름을 묻고 나이와 하는 일 등
기본 정보를 묻는다. 그러면 '서울에 사는 42세의 직장 여성'
정도의 간략한 프로필이 작성된다. 진행자들은 이제 대화를
하기 시작한다. 알게 된 것들로 시작된 그 사람만의 사연이
펼쳐지는 것이다. 주어진 삶의 조건은 언뜻 평범해 보이지만
그를 중심에 놓고 조명하고 묻고 답하고 말하게 하면 그는 곧
주인공이 된다. 이야기는 더 깊게 더 멀리 나아간다.
　주인공다운 이력이 있어서가 아니다. 들으려 하는 자
앞에서 자신에 대해 말하는 자는 이야기의 단 하나뿐인
주인공이 된다. 과거의 사연이 현재의 상황을 달리 보이게

하고 마음의 언어는 지금 이곳의 분위기를 바꾼다. 그의 개성 있는 말투와 마음이 섞인 음성. 진심이 드러나고 감정은 전해진다. 지나간 일들과 감춰진 사연들. 무엇을 했고 어떻게 느꼈는지 말하기 시작하면 그는 더 이상 '행인'도 '아무'도 '누구'도 아니다. 나이와 성별, 직업으로만 설명되는 보편 인간은 더더욱 아니게 된다. 알면 알수록 재밌고, 놀랍고, 슬프고, 먹먹해지는 단 하나의 이야기 속 단 한 사람. 자칫 뻔하고 상투적일 수 있는 평범한 삶이 특별해지는 것은 그가 특별한 사람이라서가 아니라 사람 속에 숨어 있는 특별함이 적절하게 이야기될 때다.

이런 점이 너무나 소설적이다.

작가가 이야기에서 인물을 대하는 태도와 마음도 진행자의 그것과 비슷하다. 차분하게 묻고 공감하고 다시 묻고 알게 된 것을 사려 깊게 표현하며 그것에 적절한 단어를 부여하는 과정 속에서 마침내 이해하고 이해되는 과정. 인물의 프로필과 삶을 둘러싼 조건이 새롭지 않아도 존재하는 것만으로 그는 이미 고유하다는 것을, 의자에 앉혀 말하게 하고 들어주고 그에게 조명을 비추는 것만으로도 그는 새로운 인물이 된다. 보편과 객관이라는 이해. 정상적이라고 인식되어 있는 행동과 행위. 결정된

윤리와 편견 속에서 인물의 삶을 건져 내는 것이 작가가
인물에게 행해야 하는 것이다. 밖에서 그를 보는 것이 아닌
그의 안에서 그의 눈동자로 타인과 세상을 보는 시점과
시각. 그것은 소설이 잘해 왔던 것이고 앞으로도 계속될
미덕이라고 생각한다.

　흔히들 창작의 과정을 새로운 것을 만드는 과정이라고
생각한다. 그래서 무엇인가를 새롭게 만드는 '발명'과
'창작'을 비슷하게 여기는 이가 많은 것 같다. 맞는
말이고 맞는 생각인데 '발명' 옆에 '발견'이라는 단어를
덧붙이고 싶다. '발명하다(invent)'라는 단어는 라틴어
'인베니레(invenire)'에서 유래했다. '우연히 떠오르다'라는
뜻이다. 다시 말해 발명은 새로 만들어 내는 것이라기보다
이미 존재하는 것을 발견하는 것에 가깝다. 창작자는
발명하는 자다. 발명은 발견하는 것이기도 하다. 없던 것을
새롭게 창조하는 힘도 좋지만 더 필요한 힘은 있던 것을
새롭게 보는 능력이 아닐까.

　발견한 것을 전할 수 있는 언어가 있어 다행이다. 언어가
없다면 사람들은 의도와 마음을 섬세하고 정확하게
전하기가 어려웠을 것이다.

　"사랑한다."라고 말하면 사랑은 전해진다. "괜찮아."라는

말로 마음의 상태를 설명할 수 있다. 그래서 우리는 알게
된다. 하지만 그래서 알 수 없기도 하다. 말에는 진실이
있고 사실이 있고 거짓이 있다. 진심이 담기기도 하고
마음과 생각에 없는 말을 입술에 올리기도 한다. 언어를
믿어야 하지만, 믿을 수밖에 없지만, 언어를 믿을 수 없기에,
믿어지지 않기에 사람은 언어의 뜻과 의미보다 그 언어를
사용하는 이의 진짜 언어에 더 관심을 두게 된다. 표정,
속내, 단어와 표현을 고르는 마음, 음성에 담긴 온도, 뉘앙스.
그것이 진짜 언어이기 때문이다.

'좋아.'라는 진심을 담아 "싫어."라고 말할 수 있고
"관심이 없어."라는 말을 관심을 담아 말할 수 있다.
신기하게 그 수수께끼는 직관과 느낌의 방식으로 어느 정도
전해지고(전해지지 않고) 듣는 자는 그것들을 또 묘하게
구분해 낼 수 있다.(라고 생각한다.) 문자를 주고받고 기쁨과
행복이 넘쳐 나는 귀여운 이모티콘을 주고받는 우리지만 그
문자를 문자 그대로 믿기는 어렵다.

사람으로 가득 찬 출근길 지하철에서 수많은 이들이
냉랭하게 굳은 딱딱한 얼굴로 누군가에게 하트와 꽃다발을
던지며 안부를 묻는 문자와 이모티콘을 보낸다. 수신자는
발신자의 메시지를 받고도 그 뜻과 의미를 생각해 봐야 한다.
발신자의 표정을 상상하고 그의 마음을 헤아려 보게 된다.

그렇게 찾고 또 찾으려는 것은 무엇일까? 행간과 마음에
숨어 있는 진짜 언어 아닐까?

소설을 쓸 때도 언어의 이런 요소를 고려해 봐야 한다.
진술도 좋고 묘사도 좋고 인물의 마음을 정확하게 전할
대사도 좋다. 그런데 그것이 진짜 텍스트가 되기 위해서는
작가의 의도와 인물의 마음이 함께 담긴 뉘앙스가 필요하다.
만약 그것이 없다면 우리는 스토리에서 텔러를 느낄 수
없을 것이고 이야기는 목소리가 아닌 기계적인 서술로 들릴
것이다.

생각해 보면 신기한 일이다. 이미지도 없고 음성과 소리가
출력되는 것도 아니며, 작가가 자신이 개발한 단어와 문장을
사용하는 것도 아닌데 한 문단만 읽어 봐도 작가 특유의
색깔과 뉘앙스가 느껴지다니.

그것을 문체 혹은 스타일이라고 표현할 수 있을 것이다.
각 단어를 검색해서 사전적 의미를 살펴보면 '문체'는 문장의
개성적 특색이고 '스타일'은 작가의 개성을 드러낼 수 있는
형식이나 구성의 특질이라고 되어 있다. 나는 '뉘앙스'라고
표현하는 것을 좋아한다. 롤랑 바르트는 그것의 어원을 현재
날씨, 즉 하늘과의 관계를 포함하고 있다고 했다. 이것을
모두 모아 한 문장으로 표현해 보면 다음과 같다.

작가는 어구나 표현 혹은 구성이나 형식을 이용하여 자신을 드러낸다. 그것은 일종의 날씨처럼 소설 전체에 영향을 준다.

어느 초봄. 제주도에 간 적이 있다. 떠나기 전 아름다운 하늘과 수채화 같은 구름, 아름다운 바다의 풍경을 예상했다. 휴양지의 정서를 느낄 수 있는 야자수와 넓게 펼쳐진 유채꽃밭은 상상만 해도 좋았다. 그러나 그날 내가 본 제주도는 그런 곳이 아니었다. 도착하자마자 두꺼운 먹구름이 하늘을 뒤덮더니 눈보라가 몰아쳤다. 산과 바다, 들판 어느 곳에서도 아름다움을 느끼지 못했다. 거세게 휘몰아치는 눈과 바람은 나를 서 있을 수조차 없게 했다. 섬이란 이런 곳이구나. 바람이 불고 눈보라가 몰아치면 바다를 건널 수 없는 곳이구나. 고립감이 느껴졌고 제주도가 세계에서 가장 무서운 세계처럼 느껴졌다.

비행기는 연착됐고 결국 결항됐다. 나는 이틀 동안 숙소에 틀어박혀 작은 창으로 어둡고 무서운 제주도를 지켜봤다. 부러진 나뭇가지와 물건이 허공을 날아다녔고 검은 바다는 흉포하게 날뛰었다. 종말이 오려나. 울적하고 우울했다.

다음 날. 제주도는 완전히 다른 세계로 변해 있었다. 바람 한 점 불지 않았고 하늘은 푸르렀으며 구름은 끝내줬다.

잔잔하게 파도가 이는 바다는 바라보는 것만으로도 몸과 마음이 저릴 정도로 자극적이었다. 포근한 아침 빛이 공항에 가득했고 비행기는 곤히 자고 있는 커다란 새 같았다. 천국의 아침이 있다면 이런 풍경이 아닐까. 그 좋은 날. 제주도를 빠져나오는 것이 서운할 만도 한데 아침 풍경 하나가 이제껏 봤던 모든 제주도보다 압도적으로 아름다웠기에 마음은 충만했다.

여행을 떠나려는 이들은 반드시 날씨를 살펴야 한다. 머릿속에 자연스럽게 펼쳐지는 최적의 풍경은 산과 바다와 도시가 만드는 것이 아니라 그것들을 감싸고 있는 하늘, 날씨에 달려 있다.

문장은 단어와 단어로 연결된 허약한 줄과 같다. 독자는 그로부터 이미지를 봐야 하고 색깔과 색채를 느껴야 하며 필요하다면 사운드도 들어야 한다. 때문에 작가는 단어를 놓고 애를 쓸 수밖에 없다. 하나의 단어. 단어 다음에 오는 단어. 단어끼리의 결합. 화음과 불협. 문장과 문장 사이의 거리. 반복되고 변주되는 리듬. 어떤 어울림과 어울리지 않음. 잘 쓰인 문장을 통해 독자는 알고 이해한다. 색감을 느끼고 음악도 듣게 된다. 나아가 작가의 의도와 마음과 메시지까지 알 수 있게 된다. 일정하게 이어지는 일관된 정서

속에서 독자는 만들어진 허구의 세계를 걷는다. 오묘한 날씨 속에서 독자는 보면서도 모른다. 모른 채 느낀다. 빛이 있는 줄 모르고. 바람이 부는 줄도 모르고.

먼저 울지 않는 사람

　「전설의 무대 아카이브 K」라는 프로그램에 가수 백지영이
출연해 가수로 살아왔던 자신의 이야기를 들려주었다.
인상적인 부분이 많았고 그중의 일부를 나눠 본다.

　오랜 공백기를 끝내고 다시 가수 활동을 시작하려 할 때
그는 많은 고민이 있었다고 한다. 대중에게 진심이 전해질까.
내 맘을 알아줄까. 걱정이 많던 차, 프로듀서가 발라드를
불러 보면 좋겠다고 제안했다. 그동안 댄스 가수로 활동해
왔기에 발라드를 선택하는 것이 좋을까, 옳을까, 판단하기
어려웠고 두렵기도 했지만 프로듀서의 안목을 믿고
발라드를 선택했다.

　그렇게 탄생한 곡이 「사랑 안 해」다. 어쩌면 모르는 사람이
없을 것 같은 이 히트곡은 단순히 곡이 좋아서, 가수가

노래를 잘해서 많은 사랑을 받은 것은 아니었다. 백지영은 그 곡을 잘 부르고 싶었지만 아무리 애를 써도 가사가 이해가 되지 않았다고 한다. 전하는 자가 이해하지 못하는 노래를 듣는 자가 어찌 받아들일 수 있겠나.

그는 고민 끝에 연기 수업을 받기로 한다. 『백세개의 모노로그』라는 책을 읽고 외우며 독백하는 배우처럼 연기를 연습했다. 그러던 어느 날 인물의 슬픈 마음에 공감하게 됐고 깊이 몰입하는 중 눈물이 터졌다고 한다. 연기를 마무리하고도 눈물이 멈추지 않을 정도였다고. 감정이 최고조로 올라오는 것이 느껴졌고 실제 인물이 된 것처럼 완전히 이입됐다. 자신이 이렇게 울 줄 몰랐던 그는 드디어 좋은 연기를 해냈구나 생각했다고 한다. 그러나 연기를 지도하던 선생님의 생각은 달랐다.

"너는 울면 안 돼. 네가 우는 건 연기가 아니고 그냥 너야."

그는 그 말이 무엇을 뜻하는지, 감정을 전하는 자의 역할은 무엇인지 깨달았다고 했다. 그는 곡 하나를 한 달 넘게 녹음했고 다시 무대에 섰다.

그제야 나는 알게 됐다. 백지영의 목소리에 담겨 있는 감정이 왜 그렇게 설득력이 있는지. 깊은 호소력의 정체가 무엇이었는지. 잘 부르는 가수는 많지만 백지영처럼 부르는 가수는 백지영밖에 없다. 어쩌면 그가 울면서 노래 부르지 않아서 듣는 자들이 울게 되는 것 아닐까.

　"너는 울면 안 돼."

　소설을 쓰는 자들도 새겨들어야 할 말이다. 작가가
이야기와 인물에 몰입하고 감정에 충실한 것은 좋다. 작가는
단순한 내레이터가 아니다. 납작한 면의 세계에 글자로만
존재하는 행동, 감정, 느낌, 감각을 설명하고 서술하는 것
이상으로 그것을 전할 책임과 의무가 있다. 그렇지 않다면 큰
따옴표 안에 갇힌 인물의 목소리는 단순한 문장 그 이상도
이하도 아니게 된다.

　그렇지만 감상적으로만 표현되는 것은 주의해야 한다.
그것은 감정이 충분히 차오르기 전에 열어 버린 파일과 같다.
그것은 망가졌고 실행되더라도 제대로 작동이 되지 않는
불완전한 프로그램이다.

　안다. 작가는 진심이고 전념했고 마음 다해 썼다는 것을.
그러나 뜨거운 감정을 독자에게 전달하기 전에 뜨겁다
소리 지르며 놓쳐 버렸다. 독자가 알 수 있는 것은 작가가
뜨거웠다는 것. 그 뜨거움이 무엇인지, 독자는 느껴 보지도
못한 채, 고통을 느끼는 작가를 우두커니 바라볼 뿐이다.
아무 감정 없이. 어떤 감동도 없이.

그것은 존재한다

면담 중 한 학생이 물었다.

"선생님. 문학을 공부하고 글을 쓰는 것이 의미가
있을까요?"

학생은 진지했고 질문은 더 진지했다. 진지하게 답하고
싶었다. 질문자의 마음을 충족할 최선의 답을 해 주고 싶어
이렇게 저렇게 궁리를 했다.

"제게는 의미가 있어요. 다른 사람의 경우는 솔직히
모르겠네요."

그동안 비슷한 질문을 많이 받았다.

"이 시대에 소설은 어떤 가치가 있을까요?"

"진정한 문학이란 무엇일까요?"

그때마다 열심히 답하고 생각과 마음을 전하려고 애를
써 왔던 것 같다. 하지만 솔직히 말하면 답변들에는 모두
알맹이가 없었다. 중언부언이었고 횡설수설이었으며
공허하기 짝이 없는 그저 유식해 보이고 그럴듯한
의견들이었다. 정답은 하나뿐이고 단순하기 짝이 없는데
그렇게 답할 수가 없어서(그렇게 답하면 안 될 것 같아서)
문장과 단어를 늘리고 늘린 것뿐이었다.

'문학은 존재하는가?'라는 질문에 아니 에르노는 말했다.
자신은 문학 때문에 고통을 받고 있고, 문학에 아주 많은
시간을 바치고, 독자 역시 자신의 텍스트를 읽으며 그런
감정들을 마주하게 되므로 문학은 존재한다고 확언할 수
있다고. 그렇지만 정의할 수 있는 본질은 갖고 있지 않다고
말이다.[2]

이 말은 문학의 존재를 묻는 커다란 질문(객관적이고
논리적이며 어찌 보면 과학적이기까지 해야 할 것 같은)에
어울리지 않는 것 같다. 너무 개인적이고 사적이다. 하지만
나는 '내가 느끼므로'라는 답이야말로 모두에게 적용될 수
있는 유일한 정답이라고 생각한다. 어느 순간부터 나는 아니

---

[2] 아니 에르노·프레데리크 이브 자네 저, 최애영 역, 『칼 같은 글쓰기』(문학동네,
2005).

에르노의 말을 나의 말로 삼게 되었다.

　문학은 존재합니다. 그것은 의미도 있습니다. 왜냐고요? 내가 고통받고 희열을 느끼며 그것에 아주 많은 시간을 바치기 때문입니다. 그래서 그것은 존재하고 당연히 의미도 있어요.

　2003년에 방영된 「대장금」이라는 드라마가 있다. 왕의 식탁을 책임지던 궁중 요리사로 살다, 나중에는 의술을 공부해 의원의 삶을 살았던 인물 '장금'에 대한 이야기다. 20여 년 전에 봤던 드라마에서 잊히지 않는 장면이 있다. 주인공의 유년 시절. 궁중 요리사가 되기 위한 최종 미션을 통과하는 에피소드다. 장금이는 경쟁자와 함께 메인 셰프의 요리를 맛보고 레시피를 맞혀야 했다. 장금이는 뛰어난 미각을 이용해 레시피의 비밀을 알아낸다.

　"홍시입니다."

　메인 셰프는 깜짝 놀라 흥미로운 표정으로 물었다.

　"어찌 홍시라 생각했느냐."

　장금이는 순간 멍한 얼굴로 생각에 잠기더니 어이없다는 듯이 답한다.

　"제 입에서는 홍시 맛이 나서 홍시 맛이 난다고 했습니다. 그런데 왜 홍시 맛이 나냐고 물어보면……."

그 순간 질문지는 무릎을 치며 말한다.

"그렇지. 홍시가 들어 있어 홍시 맛이 난 걸 생각으로
알아내라 한 내가 어리석었다."

내게도 홍시 맛이 있다. 분명하고 확실하지만 그것을
말로 표현해 보라고 하면 답하기가 힘든 감각이다. 맛보지
않고 경험하지 않은 사람에게 홍시 맛을 설명하는 것은
어렵다. 또한 "나는 홍시 맛을 느꼈다."라거나, 심지어 "홍시
맛이 정말 홍시 맛이라고 확신한다."라고 주장하는 것은 더
어렵다. 어쩌면 불가능할지도 모른다.

홍시 맛이 나는 것에 대해 왜 홍시 맛이 나느냐고 누군가
물어본다면 어떻게 답해야 할까? 질문은 답하는 자를
골똘하게 만든다. 사유는 존재하지 않는 것을 존재하게
하고 뒤섞인 것에 질서를 부여하는 좋은 도구지만 때로는
나눌 수 없고 설명할 수 없는(설명되어서도 안 되는) 것까지
논리적인 언어로 바꿔야만 할 것 같은 압박으로 작용하기도
한다. 그것이 느낌과 감각의 영역에서 일어나는 일이라면 더
그렇다.

'왜 나는 이것을 홍시 맛이라고 생각하는 걸까? 홍시 맛은
정말 홍시 맛일까? 혹시 내가 착각하는 것은 아닐까? 어쩌면
홍시 맛이 아닐지도 몰라. 아니, 홍시 맛이라는 것은 애초에

없는 것일지도 모르지…….'

물론 질문을 받았으면 좋은 답을 위해 고민해야 한다.
하지만 어떤 질문은 질문 자체에 오류가 있고 때로는 질문을
위한 질문도 있다는 것을 알아야 한다.

우리는 질문 속에서 살고 있다.

왜 그런 꿈을 가지고 있나요? 왜 그것을 좋아하나요?
왜 그것을 위해 시간을 쓰고 있나요? 왜 요즘 같은 시대에
당신은 읽기와 쓰기를 하나요? 그것이 재밌어요? 좋나요?
심지어 무례한 질문을 던지기도 한다.

그것은 별로 좋아 보이지 않습니다. 혹은 그것은 내
기준에 별로 좋아할 만한 가치가 없는 것 같습니다. 어떻게
생각하시나요?

내가 좋아하는 것에, 내가 선택하고, 내가 열망하고
꿈꾸고 이루고 싶은 것에 다른 사람의 인증이나 보증은 필요
없다. 그것을 알지 못하는 이를 설득할 근거를 마련할 수는
있겠지만 근거를 통해 내 마음과 감각이 전해지는 것은
아니다. 이유가 있을 수는 있다. 그러나 이유는 내 감정과
감각에 크게 영향을 미치지 못한다. 이유가 있다 한들
원한다면 그럼에도 불구하고 할 것이고, 원하지 않는다면
바로 그 이유를 핑계 삼아 하지 않을 것이기 때문이다.

의미와 가치는 객관적이고 복잡한 셈법과 무관하게 바로 내 곁에, 내 안에 존재한다.

왜냐고? '내'가 원하고 좋아하기 때문이다.

느끼고 있는 감각과 감각의 정도를 부정할 수는 없다. 뜨겁지 않다고 아무리 말해도 내게 뜨겁다면 뜨거운 것이다.

사랑하면 안 된다. 사랑할 가치가 없다. 그것과 함께하면 절대로 안 된다. 아무리 뜯어말려도 사랑하는 것을 향해 나아가고 그것이 있는 곳을 향해 시선을 돌리는 것이 인간이다. 너 그러다가 망한다, 넌 후회할 거야, 하는 조언을 듣고, 이해했고, 긍정했음에도 기어이 해 버린다. 보이지 않으면 마음에 품어 은밀히 보고 꿈에서도 보고 상상으로 경험해 버리는 것이 인간이다. 환상통은 진짜가 아니다. 하지만 그것으로 내가 통증을 느낀다면 그것은 '통의 환상'이 아닌 '환상적인 통'이다.

어떤 세계는 현실보다 더 현실이고 실제보다 더 실재한다. 그것을 보고 감각하는 자들이 있다. 그것을 생각했다는 것만으로, 그것을 마음에 품고 상상했다는 것만으로 마음이 붐비고 어쩔 줄 모르게 되는, 때문에 쓰고 싶고, 읽고 싶은, 이 감각과 마음을 어떻게 설명할 수 있을까.

감각과 감정과 상상에 스민 것을 언어로 표현하고 싶은 마음에 의미와 가치를 논하는 것은 불필요하다. 그냥 한마디로 충분하지 않을까.

그것은 존재한다.

불가능한 싸움

아들을 영안실 냉동실에 7년 동안 두고 장례를 치르지
않는 엄마가 있다. 공식적인 아들의 사망 원인은 의문사.
그냥 죽었다는 것. 왜 죽었는지 우리도 의문이라는 것.
그것이 어떻게 이유일 수 있단 말인가. 엄마는 당연히 군대의
말과 설명을 믿을 수 없었다. 물어볼 사람이라곤 아들밖에
없는데 말이 없다. 온몸에 구타의 흔적을 지닌 채 영원한
질문과 의문을 안고 차가운 침대에 누워 눈을 감고 있다.
엄마는 생각하고 또 생각했다. 그렇게 되었군요. 아들은 그냥
죽고 말았군요. 몸에 남은 멍과 상처는 그러니까 그냥 우연히
생긴 것이고요. 그렇게 이해해야 하는 상황. 받아들여야 하는
상황. 누구도 질문에 답해 주지 않고 아들의 편을 들어 주는
이가 아무도 없는 상황.

엄마는 장례를 거부했다. 아들이 다시 살아나지 않는다는 것을 안다. 아들에게 자초지종을 들을 수 없다는 것도 안다. 이것이 싸움이라면 이 싸움에서 이길 가능성이 거의 없다는 것도 안다. 계란으로 바위 치기라는 것. 지푸라기라도 잡는 심정이지만 지푸라기조차 없는 상황이라는 것을 안다.

그러나 엄마는 불가능한 싸움을 하기로 결심했다. 아들의 사망 원인을 알아낼 것이다. 그냥 죽을 리 없다. 스스로 목숨을 끊을 리는 더더욱 없다. 엄마는 홀로 외로운 투쟁을 한다. 묻고 또 묻고 또 묻고 또 묻는 날들. 거절당해도 찾아가고 열어 주지 않아도 문을 두드리고 또 두드렸던 날들. 그렇게 어느새 7년이 흘렀다.

처음엔 사람들이 엄마의 이야기에 관심을 기울였다. 뉴스에도 나왔고 의미 있는 기사도 몇 개 나왔다. 하지만 시간이 지날수록 사람들은 그 일을 잊었다. 보이지 않고 들리지 않으면 마음도 사라지는 것. 비정하지만 사람들은 하나둘 잊었다. 비슷한 사건이 계속 등장했고 지금 벌어진 중요한 사건이 이전의 중요한 사건을 덮었다. 여전히 아들은 억울함을 안고 누워 있고 엄마는 진상규명을 위해 밤낮으로 애를 쓰지만 그 일은 과거의 일이 됐다. 7년 전 뉴스. 더는 뉴스가 아닌 흘러간 이야기가 되고 말았다.

7년이라니. 그 이야기를 뉴스에서 처음 접했다. 1분 30초쯤 되는 짧은 보도. 며칠 인터넷에 떠돌며 사람들을 놀라게 했던 이야기. 나는 그 이야기가 마음에 남았다. 누군가 못으로 박은 듯 콱 박혀 흘러가지 않았다. 그 이야기를 소설로 써야겠다는 마음이 들었고 그 마음을 확인한 순간 깜짝 놀라고 말았다. 그럴 수 없다. 나는 이 이야기를 절대로 쓸 수 없다. 쓰고 싶지 않아. 그 마음에서 벗어나기 위해 그 마음을 흘려보내기 위해 별 생각을 다했다. 그런데 사라지지 않았다. 그 마음은 점점 커졌다. 쓰고 싶다, 가 아닌 써야만 한다, 였다.

냉동고에 아들의 시신을 놓아두고 장례를 치르지 못하는 엄마의 마음을 모른다. 모르는데 어떻게 쓸 수 있을까. 모르면서 무슨 자격으로 소설을 쓴단 말인가. 모르고 함부로 쓰면 그 일을 피상적이고 표면적으로 다루게 된다. 고통과 슬픔을 전시하는 상투적이고 뻔한 불행 서사를 쓰게 될 수도 있다. 편견과 얕은 지식. 무언가에 사로잡힌 작가의 알량한 감정을 근거로 소설 한 편을 만들어 내는 것은 옳지 않은 일이다. '써야 할 것 같은 마음'을 '쓰면 안 될 것 같은 마음'이 끊임없이 공격했다. 그럼에도 불구하고 나는 그 소설을 써야겠다고 결심했다.

나는 그 엄마의 마음은 모른다. 하지만 알 것 같았다.

아니, 알고 싶었다. 나는 그의 편을 들어 주고 싶었고 그 편에
서고 싶었다. 비슷한 상황 속에 놓인 분을 안다. 과거의 일을
과거로 여기지 못하고 매 순간 의문과 고통 속에 빠져 있는
분을 안다. 그 아들. 내 소중한 친구. 내가 그 사람이 아니기에
그 사람을 알 수 없고 모른다고 단정할 수 있을까. 아니다.
소중한 사람의 일은 내 일보다 크다. 그의 고통의 문제는
내 문제보다 깊고 무겁다. 사람이 저마다 다른 것처럼 처한
상황도 각각 다르다. 안다. 하지만 사람은 다른 이의 삶을
이해할 수 있고 이입할 수 있으며 고통과 기쁨의 감각에
참여할 수 있다.

　나는 소설을 한 사람의 삶에 들어가 그의 마음과 감정을
살피는 일이라고 생각하고 있다. 객관적으로 알고 확인하는
것을 넘어 알게 된 것에 책임감을 갖고 그 편에 서서
적극적으로 그를 믿고 변호하는 일이라고 생각하고 있다.
내가 소설에 매료되고 지금도 소설을 사랑하는 핵심적인
매력이 그것이다. 뉴스는 그 사람이 처해 있는 상황을 중계해
줄 뿐, 그 사람을 설명하지는 않는다. 그건 소설이 할 수 있는
일이고 잘할 수 있는 일이다. 전후 사정과 내면과 이면에
대해 묘사하고 진술하는 일. 인물이 보인다고 하는 것을
작가도 보인다고 해 주는 일. 보이지 않는다면 보이게 만들어

주고 그것이 허상이고 환상이라 할지라도 그의 눈에는
보인다는 것을 믿어 주는 일. 숨겨진 사연과 감춘 사건을
모두 뒤져 최대한 진실에 가깝게 이야기를 통해 말하고
문장으로 써내는 일.

　알고 싶은 마음은 아는 마음보다 어리석다. 하지만
강하다. 지금 당장은 지식과 정보가 부족하지만 알고 싶은
마음은 앎을 향해 끊임없이 움직인다. 움직임을 결코
멈추지 않는다. 잠든 토끼를 이기는 거북이처럼 알고 싶은
마음은 마침내 그 어떤 앎보다 많이 알게 된다. 나를 안다고
생각하는 사람과 나를 알고 싶어 하는 사람 중에 결국에 나를
더 많이 알게 되는 이는 알고 싶어 하는 사람 쪽일 거다. 나는
그런 마음으로 계속 소설을 쓰고 싶다.

당신이 소설을 그렇게 지킨다면

마리 드로네의 『장엄호텔』(열림원, 2021)을 읽었다.
재밌냐고? 그렇지 않다. 추천할 수 있습니까? 음……
머뭇거리게 된다. 하지만 좋았느냐, 묻는다면 좋았다, 답할
것이다.

작중 인물이자 화자인 '나'는 할머니가 물려준
'장엄호텔'을 운영하며 생활력이 없는 두 언니를 보살핀다.
늪지에 위치한 호텔은 장엄한 이름과 달리 초라하다.
배수관은 뚫어도 뚫어도 막히고 칠이 벗겨진 낡은 외관은
세월의 풍파 속에서 무너지고 부서진다. 보수하고 고쳐야
하는데 회복 불가능한 상태의 호텔은 종말을 선고받고
그날만을 기다리는 생명처럼 미래가 없다. 언니들 역시 살아
있는 장엄호텔들이다. 몸과 마음이 병들었고 현실 감각이

희박해 온종일 자의적인 생각과 감정에 잠겨 침대에만
누워 있는, 내 입장에서는 이러지도 저러지도 못하는
골칫덩어리일 뿐이었다. '나'는 이 모든 것들을 보살피느라
지쳐 있다. 속으로 불평하고 때때로 욕을 한다. 하지만
그것들을 버리거나 없앨 생각은 전혀 하지 않는다.

소설은 처음부터 끝까지 화자의 입장에서 말하는 방식을
취하고 있다. 장면으로 보여 주지 않고 흥미로운 지점에서
이야기를 지연시킨다거나 밀도를 높이지도 않는다. 독자는
소설의 시작부터 마지막까지 고장 난 호텔을 수리하고 또
수리하는(하지만 결코 고쳐지지 않는) 지난한 모습을 지켜봐야
한다. 변화도 반전도 없다.

그게 숨이 막혔다. 너무 답답했다. 그런데 소설을 다 읽고
며칠 동안 이상한 마음에 시달려야 했다. 왜일까. 왜 내
마음은 이토록 지루하고 재미없는 소설에 연연하고 있었던
걸까.

'숭고'라는 단어가 떠올랐다. 그렇다. 나는 이 소설을
읽는 내내 어떤 숭고를 느꼈던 것이다. 무너져 가는 호텔과
언니들을 보살피느라 애를 쓰는 인물에게서 발견되는
기이한 아름다움. 내 삶의 안위와 평온보다 중요한 것이
있다고 스스로에게 말하고 그 말을 자신의 믿음으로 삼는

사람. "그렇게까지 할 일이야?" 묻는 내게 말없이 삶으로
보여 주는 어리석은 인물에게 마음은 계속 반응하고 있었다.

　헤아릴 수 없이 거대한 우주와 자연의 위대함을 목격할
때 인간은 공포를 느끼며 자신의 소소한 삶이 얼마나 허무한
것인지를 생각하게 된다. 보잘것없는 육체를 초월해 정신이
고양되는 것을 감각할 때 숭고함을 경험한다고 철학자는
말한다. 자신의 삶, 구체적으로 육체의 안위를 살피고 일상에
연연하며 사는 삶이 얼마나 작고 보잘것없는지 실감하게
되는 때가 있다는 것이다. '삶은 아무것도 아니구나. 이 모든
것을 느끼고 있는 정신이야말로 위대한 것 아닐까. 진정한
가치의 추구는 더 나은 육체의 삶이 아닌 다른 무엇일지도
몰라.'

　나는 숭고한 사람이 아니고 누구보다 세속적인 삶을
추구하는 자다. 실존적인 질문이 언제나 본질적인 질문보다
앞서는 사람이다. 하지만 마음 깊은 곳에서는 숭고한 삶을
살고 그것을 추구하는 사람에 대한 존경심과 부러움을
갖고 있다. 장엄호텔을 지키려고 분투하는 인물의 모습에서
그것을 느꼈던 것 같다. 외부의 시선과 전문가적인 전망으로
봤을 때는 가능성이 없는 싸움을 끝까지 해 나가는 바보 같은
삶. 그것에도 가치는 있다.

　소설은 이야기의 가능성을 통해 인물에게 새로운 삶을

줄 수 있고 선물해 줄 수도 있다. 독자에게 만족할 만한
전개와 결말을 선사할 수도 있다. 그러나 그 능력을 함부로
사용해서는 안 된다. 멋지게 충고해서도 안 된다.

"고통의 자리를 떠나."

"네가 왜 그걸 견뎌야 해."

"더 나은 삶이 있을 거야."

대책 없이 대안하는 것. 무책임하게 등을 떠미는 응원과
위로. 같이 싸워 주지도 않을 거면서 파이팅을 외치고 갈
곳을 마련해 주지도 않으면서 무작정 그 일상을 떠나라고
하는 것은 아무리 이야기여도 곤란하지 않을까? 무너지는
마지막 순간까지 할 수 있는 것을 하도록 돕는 것. 희망이
없지만 그것이 곧 절망도 아니라고 말해 주는 것. 서서히
기울어지는 것들을 바로 세울 수 없더라도 그것을 버티고
선 이들의 삶에 "수고했어. 최선을 다했어. 그럴 만한 가치가
있었어." 말해 주는 것.

"힘들어? 그러면 관둬."

"열받아? 그러면 하지 마."

이런 말들은 이제 지겹다. 뭐든지 쿨한 것. 하나도 쿨하게
느껴지지 않는다.

소설을 쓰고 읽는 사람들에게 이 말을 하고 싶다.

"그럴 만한 가치가 있습니다. 겉보기에는 초라하고

세련되지도 않은 것 같고 그래서 경쟁력도 없는 것처럼 보이지만(실제로 나쁜 전망이 맞다고 하더라도) 그것은 그럴 가치가 있어요. 당신이 소설을 그렇게 지킨다면 소설 역시 당신을 그렇게 지켜 줄 것입니다."

몸에 좋은 소설

　김엄지가 쓴 소설 중「몸에 좋은 소설」이라는 단편이
있다. 나는 그 소설을 좋아하고 제목은 더 좋아한다. 몸에
좋은 소설이라니, 어떻게 이런 생각을 할 수 있는 걸까. 그
문장을 읽고 종종 소리 내어 중얼거렸다. 어째서인지 기분이
좋아지고 힘이 나는 느낌.

　나는 언제부터인가 소설은 몸과 마음 모두에 좋다고
주장하기 시작했다. "소설이 사람에게 그런 것도 할
수 있나요?"라고 묻는다면 "물론입니다."라고 답한다.
과학적으로 증명할 수도, 의심하는 자를 설득시킬 자신도
없지만, 어떤 소설은 읽는 자와 쓰는 자의 몸과 마음을 좋게
만든다는 믿음이 내게는 있다.

꼭 소설이 아니더라도 몸과 마음이 힘든 이에게 이렇게 권하고 싶다. 어떤 문장이든 읽고 어떤 문장이든 써 보자. 쓰거나 읽는 것은 나를 진정시키고 때로는 나를 위로하기도 한다. 누가 내 마음을 알아주나. 누가 내 편을 들어 주나. 나는 나에게 말할 거야. 나는 내가 받아 줄 거야.

마음에 대해 쓰면 쓰인 단어들이 마음에 들어와 마음이 조금씩 바뀐다. 인간에 대해 고민하고 연구한 많은 이들이 증명했고 권유하는 좋은 치료법이다. 특별한 방법이나 비결 같은 것은 없다. 문장을 만들기 어려우면 단어를 던지면 된다. 말을 하듯, 맥락 없이 수다를 떨듯, 말하기를 닮은 글쓰기를 하면 된다. 오늘에 대해. 지금에 대해. 겪은 것들에 대해. 기분. 상태. 마음. 감정. 억울하다. 서운하다. 화가 난다. 아쉽다. 모르겠다. 왜 그러지? 뭐지? 이런 것들을 쓰면 된다. 쓰기는 나 자신에게 하는 기도 같은 것. 기도는 언어. 언어는 표현. 표현하는 순간, 표현되는 그 순간, 나는 보게 되고 알게 된다. 어둠과 연기를 닮은 막연함과 막막함으로부터 벗어날 수 있게 된다. 거품처럼 뭉게뭉게 시야를 가리고 있던 것들이 서서히 줄어든다.

마음이 안 좋으면 몸이 안 좋아진다. 몸이 안 좋으면 마음이 안 좋아진다. 순서를 바꿔도 서로에게 인과가 되는 둘은 붙어 있고 연결되어 있다. 몸속에 마음이 있고 마음속에 몸이 있다. 분리할 수 없고 분리될 수도 없는 몸과 마음.

마음이 안 좋으면 읽을 수 없다. 읽을 수 없는 마음은 쓸 수 없는 마음으로도 이어진다. 읽어지지도 않고 써지지도 않는 날들. 그런데 이상하지. 읽지 않고 쓰지 않으면 마음은 더 안 좋아진다. 악순환은 지속되고 팔다리에 힘은 없고 마음은 점점 어두워져만 간다. 몸과 마음이 좋아져야 읽기도 쓰기도 할 텐데 읽기와 쓰기를 할 수 없으니 마음은 좋아지지 않고 몸도 좋아지지 않는다. 이쯤 되면 도대체 어쩌라는 건가 싶어 이불을 뒤집어쓰게 된다. 문득 떠오른 조이스 캐롤 오츠의 말.

완전히 지쳐 있거나 영혼이 트럼프 카드처럼 얇은 상태라고 느껴질 때, 혹은 어떤 것도 오 분 이상 견딜 가치가 없다고 생각될 때, 억지로 글을 쓰면 어째서인지 그 행위가 모든 것을 변화시킵니다. 아니면 적어도 변화시키는 것처럼 보인다는 사실을 발견했습니다.[3]

일어난다. 책상에 앉아 노트북을 연다. 아무것도 적히지 않은 빈 문서를 한 장 놓고 잠시 멍하게 본다. 기계적으로 쓴다. 아무거나 쓴다. 타자 연습하듯. 애국가도 써 보고.

3 조이스 캐롤 오츠 외 저, 권승혁·김진아 역, 「무의식적인 몰입의 창조력」 부분(조이스 캐롤 오츠 인터뷰), 『작가란 무엇인가 2』(리커버)(다른, 2022), 151쪽.

좋아하는 노래 가사도 생각나는 대로 써 본다. 난 너에게 편지를 써. 내 모든 걸 말하겠어. 한 단어 한 문장씩 타닥, 타다다닥, 타이핑할 때 생기는 일정한 리듬에 어지러운 마음의 소용돌이가 잠잠해지는 걸 느낀다. 이제 생각나는 대로 써 본다. 있었던 일을 진술하고 떠오르는 장면을 묘사하고 마음의 상태와 어울리는 단어를 하나씩 꺼내 단어로 만들어 본다. 단어는 새로운 단어를 부른다. 단어와 단어가 만나면 새로운 생각이 떠오르거나 멈춰 있던 생각이 움직이는 걸 느낀다. 뭐랄까, 단어가 몸과 마음을 톡톡 두드리는 것 같다. 조금씩 길어지는 문장은 가늘지만 단단한 줄 같은 것이 되어 내 손을 잡고 여기가 아닌 다른 곳으로 이끌어 낸다.

처음에는 낙서였고, 나중에는 일기였고, 때로는 푸념과 원망과 분노를 담은 감정의 쓰레기통 같은 것이었지만, 그렇게 쓰인 것들은 내 상태와 무관하게 종이 위에 맑고 투명하게 남는다. 몸과 마음은 엉망이지만 내가 쓴 글은 어째서인지 그럴 듯해 보인다. 내 마음에서 쫓아내듯 쏟아낸 말들이 글이 되어 다시 마음으로 돌아올 때는 도움이 되고 힘이 되고 종종 기분도 좋아진다. 괜찮네. 나쁘지 않네. 이런 마음은 포기하려던 소설 파일을 다시 열게 한다. 지난밤. 혹은 저번 주. 더는 아무 생각도 나지 않아 절망스럽게

닫아 버린 파일. 다음 장면은 없을 것 같던 절벽을 닮은
마지막 문단. 그때는 왜 그렇게 심각했던 걸까. 시큰둥하게
바라보다가 아무렇지 않게 엔터를 누르고 단어 하나를
시작으로 새로운 문단을 시작한다.

나만의 서커스

— 프란츠 카프카, 「단식 광대」를 읽고

동유럽의 어느 나라에 작은 서커스단이 있었다. 시선을 뺏는 위대한 마술사나 진귀한 볼거리는 없는 소규모 서커스였지만 마을 사람들은 서커스를 좋아했다. 재밌게 이야기하는 사회자가 있고 재주를 부리는 광대들과 귀여운 동물들의 재롱을 보는 것은 즐거웠다.

단식 광대도 인기가 많았다. 얼굴에 분칠을 하지 않고 과장된 연기와 우스꽝스러운 행동을 하지 않는 광대의 서커스는 단순했다. 음식을 먹지 않는 것. 철장 속에 들어가 앉아 있을 뿐인데 관객들은 그를 구경하고 놀라워했다. 사람들은 죽음과 가까운 묘기에 환호한다. 긴장과 스릴을 즐긴다. 높은 줄에 매달려 떨어질 듯 흔들리는, 공중그네를 타고 하늘을 나는, 악어의 입속에 얼굴을 집어넣는, 불을

삼키고 곰과 사자와 뒹구는, 죽음과 키스하며 금방이라도
잡아먹힐 것 같은 인간의 모습에 열광한다. 하지만 단식
광대는 호들갑 떨지 않는다. 그러나 그 어떤 서커스보다
진지하고 현실적으로 죽음에 다가선다. 일분일초 말라 가는
자신의 몸을 투명하게 전시하며 극한의 묘기를 보여 준다.

　그는 진실의 광대다. 단식 날짜를 정직하게 업데이트하고
밤에도 밖에서 자신을 볼 수 있도록 횃불을 밝혔다. 혹시
음식을 몰래 먹지 않을까 의심하는 이를 위해 감시인까지
붙였다. 그는 자신의 서커스에 경건하게 임하고 있다.
안락의자마저 거부하고 짚이 깔린 자리에 고요히 앉아
허공을 본다. 철장 앞에 모여 사람들은 수근거린다. '사람이
어떻게 저럴 수가 있을까?' 피골이 상접한 광대의 몸을
걱정스럽게 바라본다.

　시간은 흐른다. 광대의 단식은 매일매일 기록을 경신한다.
어쩌면 세상에서 가장 오랫동안 단식을 한 사람으로
기록될지도 모른다. 그러나 사람들은 광대의 단식에 더는
관심이 없다. 20일이든 30일이든 1년이든 사람들에겐 지루한
서커스일 뿐이다. 이제 서커스 단장도 단식을 반대한다.
그는 건강이 걱정된다고 말했지만 실은 인기 없는 코너를
정리하려는 속셈이다.

광대는 생각한다.

왜 하필이면 지금, 가장 잘 굶을 수 있는, 아니 가장 잘 굶을
수 있는 상태에까지 이르지조차 않은 지금 그만두어야 한단
말인가? 왜 사람들은 더 굶을 수 있다는 명예를 앗아가려고
하는가. 모든 시대의 가장 위대한 단식 광대가 되는 것뿐만
아니라 파악 불가능한 지경에 이르기까지 자기 자신을
뛰어넘을 기회를 말이다. 단식하는 자신의 능력에 있어서 나는
전혀 한계를 느끼지 않았던 것이다. 그토록 나의 능력에 감탄을
아끼지 않던 대중은 왜 이렇게 참을성이 없는 것인가.[4]

단식 광대는 자신의 단식을 인정해 주지 않는 서커스단을
떠나 다른 서커스단에 들어가 단식을 이어 나간다.
광대의 무대는 동물들의 철장 옆에 마련되었다. 관객들은
동물들 중 하나로 단식 광대를 봤다. 철장에 갇힌 진귀한
동물처럼 오랫동안 굶을 수 있는 신기한 인간을 감상했다.
하지만 그뿐이었다. 야생동물들 사이에서 깡마른 인간은
매력적이지 않았고 그 어떤 흥미도 끌지 못했다. 광대는
아무도 없는 텅 빈 허공을 바라본다.

4   프란츠 카프카 저, 김영옥 역, 「단식 광대」, 『오드라덱이 들려주는
이야기』(문학과지성사, 1998).

'아무도 내 단식을 지켜보지 않고 누구도 내게 관심이 없다. 나는 이제 어떻게 해야 할까?'

사람들은 모두 자신만의 서커스를 한다. 어떤 이는 공중곡예를 하며 큰 환호성을 받고 어떤 이는 저글링을 하며 박수를 받는다. 어떤 이는 우스꽝스러운 연기를 하며 사람들에게 웃음을 이끌어 내고 어떤 이는 불을 삼키고 어떤 이는 칼을 집어던져 사람들을 놀라게 한다. 그리고 어떤 이는 단식을 한다. 주목을 받는 사람이 있고 사랑을 받는 이가 있다. 오프닝을 여는 사람이 있고 스포트라이트를 받는 주인공의 삶을 사는 이도 있다. 서커스의 표를 받는 이와 천막을 치고 줄을 매고 동물들의 먹이를 주는 이도 있다. 이들 각각 재능도 역할도 사람들에게 받는 관심과 그 내용도 다르지만 모두 서커스단의 단원들이다. 사람들은 이제 서커스에 관심이 없다. 극장에 가거나 소파에 비스듬히 기대 티브이를 켠다.

매 순간 사선을 걷고 외줄을 타고 손에서 비둘기를 탄생시키던 위대한 기인들. 텅 빈 객석을 바라보며 공연을 해야 할지 말아야 할지 고민에 빠진 아름다운 예술가들. 광대든 단식 광대든.

'나는 무엇을 위해 누구를 위해 단식을 하는가. 나는 무엇을, 그리고 누구를 위해 단식을 하는 것이 아니다. 내 단식이 서커스가 되기도 하고 관객들이 즐거워하는 오락거리가 되기도 하는 것은 사실이지만 나는 그것을 위해, 오직 그것만을 위해, 단식을 했던 것은 아니었다. 나는 단식을 더 할 수 있다. 단식을 더 하고 싶다. 한계를 느끼기도 전에 스스로 이 서커스를 끝내고 싶지 않다. 나는 단식을 계속한다. 나는 단식 광대니까. 그뿐이다.'

단식 광대가 있던 철장. 이제 단식 광대는 없다. 새까맣게 빛나는 흑표범 새끼 한 마리. 사람들이 몰려들어 찰칵찰칵 사진을 찍는다. 좋아요. 좋아요. 빠르게 올라가는 엄지손가락.

2부

내가 소설을 쓸 때

새로운 제목을 썼다

「사라지는 것들」을 엄마가 읽었다. 그 소설은 엄마를
생각하고 썼다. 엄마라면 그 소설에서 무엇이 엄마의 것인지
알 것이다. 그래서 엄마에게는 그 소설을 보여 주지 않았다.
그 소설로 상을 받았는데 그때도 엄마에게는 이 핑계 저
핑계 대면서 소설을 감췄다. 가능하다면 영원토록 그 소설이
엄마에게 읽히지 않길 바랐다. 엄마를 생각하면서 쓴 거면서.
엄마를 위해서 쓴 거면서. 엄마와 나, 우리 가족 모두를
생각하며 쓴 거면서. 나는 소설을 차마 보여 줄 수 없었다.
얼마 후, 소설집이 출간됐고 그 소설은 엄마에게 읽히고
말았다. 그동안 엄마는 아들의 소설을 계속 읽어 왔다.
소설에 대한 특별한 감상을 말한 적은 없었다. 소설 쓰느라
얼마나 고생이 많니. 대단하다. 어떻게 그런 생각을 하니.

소설의 내용보다는 소설 쓰기 자체에 대해서만 말씀하셨다.
그런데 이번에는 달랐다. 엄마는 묘한 표정을 지으시며
우물쭈물 말을 골랐다. 그리고 어렵게 입술을 뗐다.

"「사라지는 것들」읽어 봤어. 궁금한 게 있는데 하나
물어봐도 될까?"

긴장됐다. 불안해서 심장이 쿵쾅쿵쾅 뛰었다.

"왜 제목을 '사라지는 것들'이라고 지었니."

"응? 왜? 이상해?"

"음……. 아니. 이상하지는 않은데. 그냥. 사라졌다고
하니까……. 뭐가 사라졌다는 거야?"

"……."

알았다. 무엇이 엄마의 마음을 복잡하게 만들었는지.
엄마에게는 사라지지 않은 것을, 심지어 내게도 사라지지
않아 이렇게 소설로 쓰고 또 쓰는 그것을, 사라졌다고 하니까
엄마는 이상했을 것이다. 마음이 심란했을 것이다. 나는
횡설수설했다.

"그건 말이야. 그러니까. 그 아이가 사라졌다는 뜻이
아니라, 사람들에게는 그런 일이 생기면, 그러니까 안 좋은
일이나 슬픈 일들, 아무튼 그러면 가족들 사이에 있는,
있어야 하는, 사랑이나 따뜻함 같은 것들이 사라지잖아. 그런
뜻이었어."

"그렇지? 엄마가 오해했나 보구나. 너도 알겠지만 사라지지 않았지. 지금도 천국에서 잘 지내고 있고. 나중에 다시 만날 거니까."

"그래. 알지. 알아. 그래도 엄마 마음 안 좋았다니까 내 마음도 좀 그렇네."

나는 엄마가 갖고 있는 내 책『선릉 산책』을 펼쳐 「사라지는 것들」을 찾아 검정 펜으로 제목을 꼼꼼하게 지운 뒤 엄마가 좋아할 만한 새로운 제목을 썼다.

「떠떠떠,떠」와 『내가 말하고 있잖아』

　나는 말더듬이 소년이었다. 말을 잘하지는 못하지만
할 수는 있었다. 그런데 사람들은 기다려 주지 않았다. 첫
음절을 떠떠떠,떠 더듬을 때 친구들은 폭소를 터트리며
웃었고 선생님은 한숨을 내쉬며 똑바로 읽으라고 혼을 냈다.
말수가 줄었고 거의 말하지 않았다. 누구도 말을 걸지 않았고
나중에는 정말 말을 잃어버린 사람이 되었다. 그게 이상하고
억울했지만 여러 시절을 지나며 나는 마침내 인정하게
되었다. 그것은 장애였다는 것을.
　그때부터였을까. 나는 무리에서 한 걸음 떨어져 지내며
그들을 물끄러미 지켜보는 삶을 살았다. 그게 자연스러웠고
편했다. 그들을 바라보는 게 지겨워지면 시선을 돌려
무리에서 떨어져 있는 이들을 봤다. 그리고 관찰했다. 그들은

모두 나처럼 입술을 꾹 다물고 있었다. 나는 그들을 눈에
담고 마음에 담았다. 때로는 발자국을 맞춰 뒤따라 걷기도
했던 것 같다. 그 정도다. 친구가 되었다거나 그런 것은
아니고. 그냥 보였고, 오래도록 바라봤다. 그러면 미세하게
떨리고 있는 그들의 입술이 보였다. 말을 머금고 있는 입술.
그러다 결국 삼키고 마는 말. 저 애는 왜 말이 없을까. 무슨
말을 하고 싶을까.

　나는 그 말이 뭔지 알고 싶어서 집으로 가는 길에
가만가만 상상해 봤다. 그렇게 상상해도 그들의 말이 들리는
것은 아니었다. 그들의 마음에 투명한 창이 생겨 속을 훤히
볼 수 있는 것도 아니며, 이해가 된다거나 공감이 된다거나
뭐, 그런 것도 아니지만 어쩐지 알 것만 같은 그런 기분이
들곤 했고 홀로 기이한 위로를 얻었다.

　개인적 고통은 다 장애다. 개인적 일들은 다 비극이다.
나는 이런 단순하고 분명한 정의를 갖고 있다. 고통에는
크고 작음이 없고 높고 낮음도 없다. 그것은 한 개인에게
절대적이다. 누구와도 공유할 수 없고 공유되지도 않는다.
때문에 '나'는 '너'의 고통을 결단코 다 알 수 없다. 내 고통의
경험으로 남의 고통을 이해하는 것도 불가능하다. 혹자는
안다고 생각하겠지만, 그렇게 믿기도 하겠지만, 아니다.

절대로 모른다.

쓰기의 욕망은 그리고 이해를 향한 노력은 여기서부터 출발한다. 이해할 수 없다는 인식과 포기로부터 소설이 시작된다. 그럼에도 불구하고 말하고 싶기 때문이다. 왜 나는 불가능하다고 결론 내린 것을 향해 자꾸만 다가서려는 걸까. 모순이다. 하지만 그 모순이야말로 소설이 사람에게 줄 수 있는 가장 큰 깨달음이라는 것을 안다.

나는 어떤 이유에서인지 말하는 것이 쉽지 않은 이들에 관한 소설을 많이 써 왔다. 장애가 있어서 말 자체를 할 수 없거나, 말을 더듬거나, 겉보기에는 아무 문제가 없는데 말을 할 수 없는 인물이 내 소설에 많이 등장한다.

그중 「떠떠떠,떠」는 자전적인 경험과 감각으로 썼다. 초등학교 동창이었던 남자와 여자가 성인이 된 후 놀이공원에서 재회하는 것으로 소설은 시작된다. 남자는 말을 더듬고 여자는 간질을 앓는다. 둘은 동물 인형 탈을 쓰고 사람들과 악수를 하고 춤을 춘다. 처음부터 끝까지 한마디도 하지 않아도 가능한 일. 발작을 일으켜 바닥에 쓰러져 꿈틀거려도 그저 귀여운 퍼포먼스로 보이는 일. 둘은 서로의 어려움을 알고 있어도 해결해 줄 수 없다. 이야기의 많은 부분은 허구지만 인물이 겪은 작은 에피소드들과 감각과 느낌은 모두 내가 겪은 것들이었다. 소설 속 인물은 내 상처와 고통의 감각을 고스란히 안고 있다. 입 밖으로 뱉어내지 못하는 말이 입안에서 부패하는 느낌. 부서지고 깨진 날카로운 말에 나 자신이 부서지고 깨졌던 어두운 시절의 기억. 차라리 말을 못하는 사람의 흉내를 내는 것이 편했던 날들. 자신의 상처에 함몰되고 고통의 감각을 파고들었던 인물은 소설 속에서 그 모습 그대로, 그 상태 그대로를, 결말로 운명으로 받아들인다.

　내겐 예전부터 개인적인 경험과 더불어 비슷한 감각과 조건을 갖고 사는 이들에 대한 깊은 관심이 있었다. 구체적으로는 언어적인 문제였지만 그 인식은 넓게 확장되기도 하고 깊게 파고들기도 한다. 그럴 때 소설에서 쓸 수 있는 이해와 상상의 범주가 넓어지기도 하고 깊어지기도 한다. 왜 그러는지 나도 다 알지 못하지만 오랫동안 '내게 있는 그것'에 대해, '그들에게도 있는 그것'에 대해 쓰고 싶었고 지금도 쓰고 싶다. 변호하려는 마음도 아니고 뭘 알려 주려는 다짐도 아니며 어떤 생각을 주장하고 싶어서가 아니다. 그들의 삶, 그들의 마음, 그들의 일기와 그들을 둘러싼 세계에 대해 쓰고 싶은 것뿐이다.

　나는 이제 예전처럼 말을 더듬지 않는다. 그래서

사람들과도 잘 어울리고 농담도 곧잘 하며 낭독회나 수업
같은 대단한 것도 할 수 있다. 하지만 아주 더듬지 않는
건 아니다. 들키지 않는 법을 배웠을 뿐. 여전히 편한 이들
앞에서는 더듬지만 예전보다는 확실히 나아졌다.

이유가 뭘까. 여러 이유가 있겠지만 글쓰기가 내 언어를
더 정확하게 만들었다는 것은 확실하다. 내가 읽은 것들.
내가 쓴 것들. 그것들이 내 몸과 마음이 더 나아지도록
도왔다. 소설을 만나 더 나은 입술을 얻었다. 그 입술 역시
온전치 못해 더듬기는 매한가지지만 차이가 있다. 소설은
끝까지 기다려 준다. 다시 말하게 해 주고 때로는 했던 말도
고칠 수 있게 해 주며 오늘 말 못하면 내일 말할 기회를 준다.
그것이 고맙다.

물론 말하기의 어려움만 있었던 것은 아니다. 기쁨도
있었다. 고통과 어려움은 있었지만 영원하지 않았다. 나는
분명히 나아졌고 통증은 둔화됐다. 말더듬은 고쳐졌고
나쁜 기억과 상처는 많이 치유됐다. 소설에서는 그것을
영원한 것처럼 썼지만 그렇지 않다. 시간이 흐르는 동안,
사람들을 만나고 많은 경험을 하는 동안 분명 나는 좋아졌다.
'글쓰기'라는 말하기를 통해 나의 '말하기'를 고친 것이다. 혹
내가 작가로서 영원히 그 상처에만 몰두한다면, 그 피해 의식

속에만 머물러 있다면 그것은 틀린 것이다.

그것을 말하고 싶었다. 내 삶이 소설이라면 내가 소설 속 인물이었다면 「떠떠떠,떠」의 결말은 소설의 결말일 수는 있지만 인물의 결말은 아니라는 것을 말하고 싶었다.

『내가 말하고 있잖아』는 그런 마음으로 쓴 것이다. 두 소설 모두 말을 더듬는 소년이 나오고 두 소년은 같은 경험을 한다. 하지만 전개는 다르다. 현재가 다르고 미래가 다르다. 「떠떠떠,떠」의 소년에게는 소설이 없고 『내가 말하고 있잖아』의 소년에게는 소설이 있다. 작가로서 같은 모티프와 비슷한 에피소드를 갖고 이렇게 다른 느낌으로 쓰는 것이 독자에게 미안한 마음도 든다. 이렇게 쓴 것을 저렇게 쓰면 안 되는 것 아닐까? 걱정도 됐고 회의감도 들었던 것이 사실이다. 하지만 자기 언어를 갖기 위해 싸우는 이들에게 꼭 말하고 싶었다.

이길 수 없는 싸움이 아닙니다.

그것과 함께 얼마든지 잘 살아갈 수 있습니다.

말하기를 돕는 다양한 말하기가 있습니다.

내가 소설이라는 더 나은 입술을 만났듯 포기하지만 않는다면 당신도 새로운 입술을 만나 새로운 말하기를 할 수 있을 겁니다.

낙서로부터 열리는

소설을 쓰기 전에는 최대한 많은 낙서를 한다. 빈 문서에 아무 말이나 계속 해 본다. 아무 단어나 마구 던져 본다. 가령 인물 A가 어떤 슬픔을 겪고 있다고 치자. 그 슬픔이 정확히 무엇인지 A도 모르고 작가인 나도 모른다. '슬픔'이라는 단어는 A가 겪고 있는 감정을 반올림 혹은 버림으로 정한 대략적인 값이다. '슬픔'이 7이고 '쓸쓸함'이 6이라면 A가 겪고 있는 감정의 정확한 값은 6.687이다. 그 숫자에는 단어를 부여할 수 없다. 정확하게 설명하는 것도 불가능하다.

그렇지만 나는 A가 왜 6.687의 감정을 겪고 있는지 알고 싶다. 그러기 위해서는 전후 사정도 알아야 하고 A라는 인물의 연대기도 알고 있어야 한다. A가 누구인지 알아야 하고 A가 어떤 사람인지 알아야 한다. 정확하게 알고 있다면

쓰기 편할 텐데 대부분 소설을 쓸 때는, 소설을 쓰고 싶을
때는, 쓰고 싶은 그것에 대해 아는 것이 별로 없는 상태다.
그래서 막막하고, 그래서 대책이 없다. 확실히 아는 것은
내가 A를 알고 싶다는 마음뿐. 뭘 좋아할지 몰라 이것저것
주고 여기저기 함께 가 본다. 뻔한 질문도 하고 곤란한
질문도 한다.

알면 알수록 A의 감정은 슬픔이 아니다. 하지만 그를
단순하게 설명해야 할 때는 슬픔, 이라고 밖에 표현할 수
없다. 그렇게 말하고 싶지 않고 그렇게 설명하고 싶지 않다.
차라리 A가 겪은 것과 겪으면서 느끼게 된 것들을 해석 없이
설명 없이 가감 없이 보여 주고 싶다. A를 알고 싶어서 A를
찾는 과정은 소설을 쓰기 위한 가장 중요한 쓰기다. 쓰기를
위한 쓰기랄까.

낙서하고 스케치할 때는 행복하다. 망상과 몽상으로
마음은 부풀어 오른다. 이 이야기를 잘 쓴다면, 이 인물을
잘 그려 낸다면, 정말 멋진 소설이 될 거야. 구체가 없는
막연한 큰 그림은 흐릿하게 뭉개진 예술 사진처럼 모호하고
예뻐 보인다. 통제받지 않은 단어와 문장들은 시적이고
음악적이다.

그러나 초고를 쓰기 시작하면 기쁨과 행복의 수위는

서서히 줄어든다. 상상과 예상은 얼마나 터무니 없었던가. 구체를 입으면 입을수록 디테일은 빈약하고 상투적이기만 하다. 단 하나의 인물은 그렇고 그런 인물이 되고 세상에 없는 그것을 쓰려고 애를 쓰지만 단어가 생각나지 않는다. 아니, 단어 자체를 찾을 수가 없다. 나는 고민에 빠진다. 이 소설을 쓸지 말지.

소설을 펑크 내는 상상을 한다. 편집자에게 사과의 메일을 보내는 것을 진지하게 고민해 본다. 하지만 이번에 포기하면 다음에는 더 힘들다는 것을 경험적으로 안다. 조금씩 번지는 실금이 형상을 쪼개듯 한 번의 실패는 두 번 세 번의 실패의 씨앗이라는 것을 안다. 무엇보다 안 써진다는 이유로 약속을 일방적으로 깰 수는 없다. 소설이 안 써질 것을 몰랐던 것도 아니었으니까.

포기하려는 것을 포기하고 노트북 앞에 앉아 한숨을 내쉰다. 써지지 않는 원고를 붙들고 뭐든 하기 시작한다. 도움이 될까 싶어 이 음악 저 음악 듣는다. 바흐를 들으면 그의 대위법이 내 감각을 정돈시켜 글을 써지게 해 주겠지. 하드락을 들으면 죽은 나의 감각이 번쩍 눈을 뜨겠지. 오래전 좋아했던 노래를 들으면 감수성이 생기겠지. 룰루랄라 밤새 음악만 듣는다. 훌륭한 소설을 읽는다. 좋아하는 작가의 책을 몇 권 꺼내 책상에 올려놓고 밑줄 그었던 부분을 다시 읽어 본다. 좋은 문장 좋은 구성 좋은 스타일이 마법처럼 내게 옮겨 오기를 기대하는 것이다.

하지만 어림없다. 눈이 높아져 허접한 원고를 볼 엄두가 나지 않는다. 이런 걸 써야 진짜 작가지. 좋은 소설은 이렇게 써야 하는 거야. 이상한 반성의 시간. 낮아진 자존감은 지하실까지 내려가고 나는 의기소침해지다 곧 약간 울적해진다.

솔직한 마음과 감정을 쏟아붓는 비밀 블로그에 들어가 일기장 게시판을 열고 오늘의 일기를 작성한다. 쓰기 시작한다. 최대한 솔직하게 아무 말이나 아무 단어나 생각나는 대로 마구잡이로 쓴다. 막 쓰는데도 묘하게 리듬이 생기고 단어와 단어끼리 어울려 만들어지는 특정한 분위기가 형성된다. 바닥에 쏟은 한 바가지의 물처럼 화면에 쏟아진 문장을 읽어 본다. 부끄러운 고백이지만 막 썼는데도 잘 쓴 것 같다. 문장도 근사하고 리드미컬한 것이 그럴듯하다. 내가 작가라서 그런가. 막 쓰는데도 읽을 만하네. 자아도취를 하다 보면 갑자기 소설을 쓸 힘이 생긴다. 뻔뻔해졌다고 해야 할지 용감해졌다고 해야 할지. 아무튼 다시 소설 파일을 열고 깜빡이는 커서를 노려본다.

발터 벤야민은 작가를 위한 열세 가지 테제를 제시했다.

그중 네 번째 테제.

　　아무 도구나 사용하지 말 것. 특정한 종이, 펜, 잉크를
　좀스럽게 보일 정도로 고집하는 태도가 도움이 된다. 사치를
　추구해서가 아니라 이러한 도구들을 풍부하게 갖추는 것이
　필수적이다.[5]

　원래 그럴 마음이 별로 없었지만 위대한 발터 벤야민이
그렇게 해야 한다고 했기 때문에 도구에 관심을 가져 보기로
했다. 아무 도구나 사용하면 안 되니까 조금 비싸고 특별해도
장만하려고 했다. 이게 다 글쓰기를 위한 거라니까, 그게
필수적이라니까, 어쩔 수 없지.
　'장인은 장비를 탓하지 않는다.' 맞는 말이다. 장인은
장비와 상관없이 아무 때나 실력을 발휘할 수 있다. 하지만
나는 장인이 아니고 범인이니까 장비를 탓해야 한다.
옛날이었다면 펜과 종이에 관심이 많았겠고, 그보다 약간
이후라면 타자기에 관심이 있었겠지만, 21세기를 사는 나는
모더니스트답게 키보드에 관심이 많다
　하나둘 사 모으다 보니 키보드를 놓을 공간이 필요했다.

5　발터 벤야민 저, 최성만·김영옥·윤미애 역, 『일방통행로/ 사유이미지』(길, 2007),
99쪽.

책들에게는 미안하지만 책장 하나를 비워 키보드 전용
거치대를 마련했다. 적축. 청축. 흑축. 갈축. 백축. 황축.
질리오스. 틸리오스. 홀리판다. 토프레. 노뿌. 플라스틱
하우징. 알루미늄 하우징. ABC 키캡. PBT 키캡. 레오폴드.
엠스톤. 커세어. TX. 필코. FX. 덱. 등등등.

　밤마다 키보드 앞에 서서 오늘은 무엇으로 글을 써 볼까,
고민하는 시간은 언제나 행복하다. 글을 쓰다가도 잘 안
써지면 괜히 키보드를 바꿔 본다. 누르는 감촉과 소리가
바뀌면 글을 쓰는 내 감각도 새롭게 바뀔 것이라고 괜히 믿어
보는 것이다.

　지금 이 문장은 해피해킹으로 쓰고 있지만 30분 전에는
홀리판다 스위치가 붙은 TX를 사용했다. 키보드에 따라 글이
달라진다거나 별다른 효과가 발생하지는 않는다. 창작력이
3 오르고 표현력이 2 상승하는, 이런 효과가 있다면 좋겠지만
그런 건 없다. 하지만 나는 그렇게 믿고 싶고 그렇게
믿으려고 한다. 이렇게까지 글을 잘 써 보려는 내 마음을
소설이 알아줄 거라고 믿고 싶은 것이다.

　안다. 이 문단을 읽은 당신은 이게 무슨 소리야, 싶을
것이다. 대다수의 사람들이 관심을 갖지 않는 TMI라는
것을 잘 알고 있다. 하지만 언젠가는 꼭 한번 알리고 싶었다.
자랑하고 싶었다. 나 키보드 엄청 좋아하고. 키보드도 엄청

많다고.

아무튼 이렇게 저렇게 비벼 대고 끙끙대다 보면 어떻게든 글은 써진다. 아, 정말 오늘은 접어야겠네, 생각하는 마지막 순간에도 한 문장이 떠오른다. 한 문장이 써지면 그 문장이 신기하게 몇 문장의 손을 잡고 함께 찾아온다.

어떻게 소설을 쓰는지 지금도 잘 모르겠다. 머릿속에 있는 것을 쓰는 것도 아니고 막 쓰다 보면 써지는 것도 아니다. 다만 확실한 것은 소설을 쓰려고 시간을 갖고 애를 쓰고 그 앞에서 끝까지 포기하지 않으면 닫힌 문도 열리고 보이지 않던 길도 보인다는 것이다.

새벽의 목욕탕

나는 변덕쟁이다. 나는 신념이 있고 명확한 기준이 있고 어떤 믿음도 있는 사람이다. 하지만 그 모든 신념과 기준과 믿음을 한순간에 뒤집는 사람이다. 아니, 뒤집히는 것을 막지 못하는 사람이다. 진심으로 이랬다가 진심으로 저랬다가 한다. 한없는 긍정 속에 머물다가 느닷없이 부정 속에 웅크리곤 한다. 낙관적으로 내 글을 바라보다가도 잠들기 전에는 비관적인 마음이 되어 좋았던 글을 모두 지워 버리고 싶은 충동을 느낀다. 결심을 해도 그 결심을 취소하고 취소한 걸 다시 결심한다. 어지럽고 속 복잡하다.

이런 내가 정말 싫을 때는 이 모든 감정을 겪으니 다 관두고 싶다는 생각을 수도 없이 한다. 그러지 않기 위해 어떤 상황, 어떤 모드에서도 반드시 따라야 할 몇 가지

지침을 마련했다.

끔찍한 기분에 휩싸여 아무것도 하고 싶지 않거나 썼던 것을 갑자기 삭제하고픈 충동에 시달릴 때는 문서를 저장하고 노트북을 덮은 뒤 집 밖으로 나가 동네를 한 바퀴 돈다. 몇 바퀴 돌면 나쁜 마음이 바람에 실려 서서히 사라지는 것을 느낄 수 있다.

애를 썼지만 끝끝내 안 써지면 왜 안 써지는지 분석하지 말고 그날은 그냥 침대에 눕는다. 그런 날은 피곤해 죽을 것 같아도 요상하게 잠이 오지 않으므로 그땐 불면과 싸우지 않고 드라마를 보거나 게임을 한다.

하지만 그런 몇 가지 응급조치가 아무 도움이 되지 않을 때가 있다. 산책을 다녀와도 마음에 불이 꺼지지 않고 침대에 누워도 잠이 들지 않을 때 나쁜 전망과 예감이 곧 도래할 현재처럼 생생하게 느껴질 때는 목욕탕에 간다. 그런 순간은 주로 새벽에 찾아온다.

새벽의 목욕탕은 너무 너무 아름답다. 일단 조용하다. 침묵조차 탕 안에서는 묘하게 진동하므로 공기와 분위기가 굉장히 드라마틱하게 느껴진다. 사람들이 거의 없고 있더라도 지쳐 있거나 취해 있다. 웅크린 바위처럼 의자에 앉아 있거나 물속에 사는 나무처럼 눈을 감고 탕 속에 고요히 잠겨 있다.

온수에 몸을 넣고 가만히 앉아 있으면 몸과 마음이 다른 몸과 마음으로 바뀌는 것이 느껴진다. 찬물이 뜨거운 물을 만나면 미지근한 물이 되듯, 피 속의 열기와 살 속에 스민 피곤, 머릿속에 통증이 물과 섞여 무엇인지 모르는 것이 되어 물거품이 되는 것 같다. 그렇게 변해 가는 것을 느끼는 것이 좋다. 지금 이 순간에는 나보다 행복한 사람이 없을 것 같고 새벽에 깨어 생각하고 움직이고 사우나를 즐기는 내가 귀족처럼 느껴진다.

하얗게 변한 안경을 벗고 흐릿하게 변한 풍경을 보고 있으면 마음에 안정이 찾아온다. 연연하던 일이 아무 일도 아니게 느껴지고, 아까 그 생각이 그렇게 형편없는 생각은 아닌 것처럼 느껴지고, 내 문장과 내 이야기가 괜찮게 느껴진다. 그 다음 장면으로 넘어가지 못해 안절부절 못했던 나 자신을 달래면서 그렇게 조심스럽게 쓸 필요 없으니까 그냥 엔터 누르고 다음 장면으로 넘어가라고 말해 준다. 쓱 집어넣자. 과감히 빼 버리자. 이건 이렇게 하고 그건 그렇게 하자. 놀랍도록 빠르게 나와 합의에 이른다.

기분이 좋아진 나는 사우나에서 땀도 빼고 냉탕에서 수영도 즐기면서 콧노래를 흥얼거린다. 그래도 소설 쓰기 잘했지. 이거 안 했으면 어쩔 뻔했어. 기이한 파이팅을

외치며 세상 가장 행복한 사람이 되어 집으로 돌아와 침대에
눕거나 책상에 앉아 기어이 한 줄이라도 쓰고 노트북을
닫는다.

지금 이 글도 목욕탕 다녀와서 쓴 글이다.

인물에게도 내일이 있다

소설을 쓰기 시작했을 때에는 내 감각에만 몰두했다. 읽는 사람을 생각하지 않았다. 이 소설을 읽었을때 무엇을 겪게 될지 어떤 생각을 하게 될지 짐작조차 하지 않았다.

그럴 수밖에 없는 것이 그때의 나는 이 소설이 누군가에게 읽힐 것이라고 생각하지 않았다. 만약 이 소설에 독자가 있다면 그것은 내가 될 것이다. 내가 읽고 싶고 내가 느끼고 싶은 것에만 몰두했다. 내 감각을 내게 전시했다. 내 감정과 호흡, 사랑하고 증오하는 것을 나에게 보여 주고 말해 줬다.

그때의 소설은 나라는 액체 속에 푹 담가 꺼낸 탕후루 같은 것이었다. 자의적이었다. 때문에 거의 모든 소설이 자전적일 수밖에 없었다. 경험으로서도 인식으로서도 나라는 경험과 감각을 벗어날 수 없는, 벗어날 생각조차 없는 소설. 나는 그런 것밖에 쓸 수 없었다.

소설을 발전된 일기장 정도로 생각했던 것 같다. 그것이 나를 구원하고 지켜줄 것이라는 기이한 믿음이 있었다. 소설은 고해성사였고 상담을 가장한 쉼 없는 수다였다. 거기엔 내가 있다. 내가 한 번도 말하지 못한 내가, 누구에게도 보여 주지 못한 내가, 내게 있는지조차 알 수 없던 내가, 아름다움과 추함과 함께 있다. 선과 악이 뒤섞여 있다. 내 소설이 병적이라면 그때의 난 병자였거나 병을 알리고 싶어 죽겠는 관종이었을 것이다.

문득 이런 생각을 했다. 솔직하게, 때로는 노골적으로 탈탈 털어 보여 주는 것이 진짜일까. 아픈 것을 아프다, 힘든 것을 힘들다, 죽고 싶으니까 죽고 싶다, 이렇게 쓰는 것이 맞는 걸까? 이렇게만 쓰는 것이 옳은 걸까?

소설 속 인물이 나를 닮았다고 치자. 나로부터 시작되었다고 치자. 하지만 그는 내가 아니다. 그가 겪은 사건과 상황 역시 내가 온전히 겪은 게 아니다. 그렇다면, 그랬다면, 어떤 소설에서는 작가인 내가 인물에게 무책임했던 것은 아닐까. 솔직하게 다 쓴다는 것이 그를 왜곡되게 표현하고 설명한 것은 아닐까.

돌이켜 보면 나는 삶이라는 서사의 인물로서 아무리

힘들고 슬퍼도 한 면으로만 살진 않았던 것 같다. 어떤 순간에도 나는 복합적이었고 입체적이었으며 평범한 일상이 사건과 사고로 충격을 받고 흔들렸다 해도 밸런스가 완전히 무너진 적은 없었다.

그런데 인물에게는 상처에만 몰두하게 했다. 고통으로 모든 삶이 물든 인물로 묘사했다. 누구도 내게 뭐라고 하지 않았지만 나 스스로 그것이 무책임하게 느껴졌다. 인물에게는 그 사건과 상황 말고도 다양한 삶의 요소들이 있다. 서사의 무대 뒤편에는 일상이 있고 생활이 있고 평범하지만 꾸준하게 가꾸어 온 삶의 루틴이 있을 것이다. 슬퍼도 밥을 먹을 것이고 죽고 싶지만 아주 높은 확률로 죽지 않고 잠을 청할 것이다.

그러니까 아무리 소설이라 할지라도 인물이 오직 그 감정과 그 감각밖에 느끼지 못하는 듯 쓰면 곤란하지 않을까. 솔직함과 나이브함을 가장해서 진짜 감정과 진실을 왜곡하고 훼손했던 것은 아닐까. 인물에게 미안했다.

고통을 느꼈다.

슬픔을 느꼈다.

죽고 싶었다.

이렇게 소설은 끝나지만 인물에게는 소설이 끝난 이후에도 삶이 있다. 그런데 그 삶을 고려하지 않고 한순간의 감정과 감각에만 몰두하는 것은 옳지 않다는 생각이 들었다.

이렇게 끝내면 안 될 것 같다. 아픈데, 어떻게, 얼마나 아프냐면 말이야, 묘사하고 보여 주는 것보다는, 어찌하여 이렇게 됐는지를 생각하게 됐다고 할까. 인과, 고통의 전후, 슬픔의 전후에 대해 생각했고 소설이 끝난 이후 계속 살아 낼 그의 삶을 고민했다.

고통의 문제를 다루고 비극을 쓰는 것은 중요하다. 소중한 일이다. 하지만 그것만큼 중요하고 소중한 일은 그 인물의 내일과 미래다. 어쩌면 진정한 이야기일지 모르는 삶이 작가의 무책임한 엔딩으로 인해 영원히 고통과 슬픔으로만 기입되는 것은 고민해 봐야 하지 않을까.

고통 이후 계속될 삶을, 소설은 말하거나 열어 줘야 한다. 사건이 발생했고 충격을 받았고 상처를 입었다. 통증을 느꼈고 슬픔 혹은 분노로 일상은 잠시 마비됐을 수 있다. 하지만 밤이 지나면 아침이 오고 겨울이 지나면 봄이 온다. 계속 산다면, 계속 살기로 했다면, 그 경험에서 살아남았다면, 상처는 아물고 통증은 사라진다. 흉터는 남겠지만 그것은 새롭게 차오른 살일 뿐 영원히 지속되는 상처는 아니다.

세월이 흘렀고 설명할 수 없는 많은 이유로 인해

회복되었다는 것. 그것에 대해 솔직하게 말하는 것. 그 가능성을 인정하고 그것이 삶이라는 것을 이야기해 주는 것. 그것은 헛된 희망이 아니다. 근거 없는 낙관도 아니다. 신파와 낭만으로 가득한 해피엔딩도 아니다. 사실과 진실의 영역이다.

내 삶 역시 소설에 써야 했을 정도로, 쓰지 않을 수 없을 정도로, 슬프고 끔찍했던 날이 있었다. 하지만 그 후로 지금까지 내내 그렇게 사는 건 아니다. 많은 부분은 나아졌고 치료됐고 특별히 노력하지 않았는데 좋아진 것도 있다. 잊어버린 것도 있고 왜인지 모르겠지만 그냥 변한 것도 있다.

음, 치유라고 하는 건 너무 큰 단어지만 소설을 쓰면서 나는 분명히 좋아졌다. 내 문제와 어려움을 토로하듯 말했더니, 그 고백과 일기가 끝난 곳에 가벼움과 내일이 있었다. 무엇보다 마음속의 문제가 종이에 옮겨지고 말로 뱉어져 허공에 떠 있을 때는 훨씬 가벼워졌다. 그 문제는 여전히 나에게 있다. 하지만 소설을 통과하고 난 이후에는 그 문제를 대하는 내가 달라졌다. 더는 그 문제를 문제시 여기지 않는 내가 됐다고 할까. 살짝 넘어갈 수 있는 유연함을 갖게 되었다고 할까.

한 장면만 더, 혹은 한 장면만 덜 쓰자. 인물에게 여유를 주고 내일을 주고 걸어갈 길을 보여 주고 문을 열어 주자. 그 마음으로 지금은 소설을 쓰고 있다. 쓰고 싶다.

더욱 인간인 것

— 한강, 「작별」을 읽고

겨울의 어느 날 그녀는 눈사람이 된다. 햇살이 비추고 기온이 올라가면 녹아서 사라지는 눈이 된 사람. 사람이 녹아 사라지는 것을 죽음이라고 표현해야 할지 모르지만 이제 그녀는 녹아 사라지게 될 것이다. 소설가 한강의 작품 「작별」은 마지막을 예감한 한 사람이 사랑하는 연인과 가족과 아이에게 인사를 건네는 소설이다.

만약 눈사람이 되어 하루 혹은 이틀 뒤 고통 없이 스스스 녹아 사라지는 상황이 발생한다면 남은 시간을 어떻게 사용해야 할까? 사람들에게 무슨 말을 남겨야 하는 걸까? 소설을 읽는 내내, 책을 덮고도 한참 동안 생각했다. 너무 많은 말이 떠올랐다. 어떤 말도 떠오르지 않았다.

사람이 사람 아닌 것으로 변하면서 시작하는 소설이

있다. 자고 일어났더니 갑충으로 변했다는 것을 깨달은 그레고르 잠자처럼 그녀도 느닷없이 눈사람으로 변했다. 이유도 까닭도 알려 주지 않고 이야기는 인물을 대뜸 난처한 상황과 비극적인 운명 속으로 몰아넣는다. 소설이니까, 그런 말도 안 되는 상황이 일어나는 거지. 그런데 잘 생각해 보면 현실에서도 사건과 상황은 그렇게 일어난다. 느닷없이. 갑자기. 왜? 도대체 왜? 어디서부터 잘못된 걸까. 내가 어디서부터 놓쳤던 걸까. 헤아려 봐도 소용없는 일. 예상할 수 없고 그래서 대비할 수 없는 일상다반사. 어딘가에는 눈사람이 된 누군가의 막막한 하루가 있겠지.

이야기의 세계에서 가장 유명한 눈사람은 「겨울왕국」의 올라프일 거다. 올라프는 눈사람이 생명을 얻어 살아난 경우다. 엘사가 머리 위에 눈구름을 만들어 주었기 때문에 녹을 일도 육체가 소멸될 일도 없다. 사계절 내내, 어쩌면 영원토록 눈사람으로 존재할 수 있다. 그래서 올라프는 항상 행복해 보인다.

그런데 「작별」 속 눈사람으로 변한 그녀는 경우가 다르다. 녹고 부서지는 현실적인 눈사람이다. 그녀는 본능적으로 따뜻함을 멀리 해야 한다는 것을 안다. 가슴 깊숙한 곳에 마치 심장 같은 따뜻한 무엇이 있다는 것도 안다. 가만히 있으면 그 따뜻함에 몸이 녹을 거라는 것도 안다. 아무리 애를 쓰고 조심해도 시간이 흐르면, 그래서 기온이 오르고 햇빛이 쏟아지면, 흔적 없이 녹아 사라질 운명이라는 것을 안다. 그녀는 고민에 빠졌다. 만나기로 한 연인에게 이 상황을 어떻게 말해야 할까. 사랑하는 아이에게는 뭐라고 해야 할까. 그들을 어떻게 해야 하는 걸까.

이별과 작별. 두 단어의 의미는 비슷하다. 번역기를 돌려 보면 둘 모두 farewell로 번역된다. 이별은 서로 갈리어 떨어지는 것을 뜻하고 작별은 인사를 나누고 헤어짐을 뜻한다. 이별의 뜻은 대충 알고 있었지만 작별의 뜻은 의외였다. 인사를 나누는 거였구나. 몰랐다. 이별과 작별의 딱 집어 설명할 수 없는 뉘앙스의 차이가 인사였다는 것을.

그래서일까? 헤어진 연인들에게 이별은 어울리지만 작별은 어울리지 않는다. 이별했어, 라는 말은 들어 봤지만 작별했어, 라는 말은 들어 본 적 없으니까. 그럴 수밖에 없겠지. 헤어질 때 감정과 마음의 크기가 공평하게 줄어드는 연인은 없다. 한쪽은 원하고 다른 한쪽은 원하지 않는다. 때문에 합의될 수 없고 때문에 예의와 매너를 갖추기도 어렵다. 고개를 숙이고 울고 묻고 화내고 소리치고 전화하고 전화를 안 받고 기다리고 숨는 관계. 정말 사랑이었다면

인사하고 헤어질 수가 없지. 그게 가능했다면 애초에 그건
사랑이 아닐지 몰라.

그렇다면 한 인간이 평범하게 살면서 온전한 의미의
작별을 할 수 있는 순간은 언제일까? 작별이란 단어는
어려운 단어는 아니지만 실제로 이 단어를 사용할 순간은 잘
떠오르지 않는다. 어쩌다 떠오르는 것들은 너무 슬픈 것뿐.

한강 작가님을 인터뷰한 적이 있다. 그때 「작별」에 대해
이런저런 질문을 했는데 그는 이렇게 답했다. 눈사람이 된
주인공을 녹게 하는 것은 따뜻함이고 사랑일 테니, 그에게는
뜨거움과 따뜻함, 눈물과 사랑이 곧 죽음일 것이라고.[6]
사람을 살게 하는 건 피의 온기, 그리고 감정과 마음을
따뜻하게 하는 사랑일 테다. 하지만 눈사람에게는 이런
온기가 치명적이다. 「작별」이 인상적이었던 것은 눈사람이
사람으로서 죽음을 기꺼이 받아들인다는 사실이다. 껴안고
그 속으로 들어간다. 죽음을 피하려고 하지 않고 사람으로서
말하고 껴안고 키스하며 몸과 마음을 모두 소진시킨다. 작품
속 화자가 사랑하는 아이에게 언제나 어둠보다 빛 쪽을
택하는 사람으로 살아가라며 당부하는 말이 마음에 오래

6 「한강＋정용준 인터뷰: 빛이 머물다 간 자리」, 《악스트》, 2022.1/2월 호.

남았다.

　아…… 울컥했다. 빛을 향해 나아가면 녹는 눈사람이 마지막까지 아이에게는 빛을 선택하라고 하다니. 사람이 사람 아닌 것으로 바뀌는 한강의 소설. 식물이 되는 사람. 눈사람이 되는 사람. 하지만 이상하지. 사람 아닌 것이 된 그것이 더 사람처럼 느껴진다. 인간에서 벗어나고 인간을 벗고 인간이기를 멈춘 그 몸과 마음이 왜 더 인간처럼 느껴지는 걸까.

3부

창작 수업

창작 수업이 도움이 될까?

나는 소설 창작 수업을 5년 들었고 소설 창작 강의를 9년 했다. 문창과는 아니었지만 나중에 문창과 학생이 되었다. 20대 절반은 문학과 상관없이 살았지만 나머지 절반은 거의 모든 시간을 읽기와 쓰기로 가득 채워 살았다. 그래서 나는 문창의 마음과 비문창의 마음을 모두 안다. 수업을 듣기도 했고 하기도 해서 학생의 마음과 선생의 마음도 함께 안다. 그럼에도 불구하고 내가 아직도 확신하지 못하는 것이 있다.

소설 창작, 과연 교육이 가능할까?

☞ 가능하다:

선생은 소설을 쓰는 법을 알려 주고 학생은 배우고 익힌다. 플롯이니, 시점이니, 비유, 상징, 인물, 사건, 배경,

갈등 등의 이론과 작법을 배우고 자신이 쓰려는 이야기에 알맞게 적용해 본다. 전위, 낯설게 하기, 총체성, 미적 자율성, 아방가르드, 모더니즘, 리얼리즘 등의 개념을 알고 소설을 보고 느끼는 감각을 갖춘다. 소설을 직접 창작하는 작가가 되고 동시에 아직 아무도 읽지 않은 소설을 최초로 읽어 주는 독자가 되는 실제 경험을 한다. 창작 수업의 꽃이자 무덤인 합평. 재미있게 잘 읽었습니다. 좋았습니다. 아쉬웠습니다. 매력적이었습니다. 상투적이었습니다. 작가가 무슨 말을 하고 싶은 건지…… 이상했습니다. 이건 좀…… 설명적이었습니다. 작가의 일기처럼 느껴졌습니다. 이런 소설은 너무 많이 있는 것 같아요. 등등의 감상평을 말하고 경우에 따라 문학적인 주제를 놓고 서로 논쟁하고 토의하기도 한다.

☞ 불가능하다:

소설을 쓰는 법을 알려 주는 선생이 소설을 쓰는 법을 배운 적이 없다. 혹 배웠거나 읽었다 하더라도 그 법대로 쓰지 않는다. 쓸 수 없거나, 쓰기 싫거나, 쓰고 싶은데 적용을 어떻게 해야 할지 모르는 경우가 허다하다. 또한 하나의 소설 쓰기 방식은 전혀 다른 소설 쓰기 방식에 의해 공격 혹은 외면을 받는다. 이런 소설은 저런 소설에게, 이런 방법은 저런 방법에게, 발단 전개 위기 절정 결말은 발단 발단 발단이나 발단 전개 발단 전개에게 놀림을 받는다.

나는 소설의 정의는 좋은 소설의 개수만큼 무수하며 그 소설들은 모두 다른 작법과 형식을 갖고 있다고 믿고 있다. 창작 강의를 하는 강사는 자신의 소설을 쓰거나 자신이 읽은 것들에 대해 말할 수 있을 뿐이다. 물론 자신이 소설을 쓰는 방법과 자신이 읽은 것들을 통해 보편과 일반에 다가갈 수는 있다. 또한 다수를 설득하거나 영향을 줄 수도 있다. 하지만 학생들은 알려 준 대로 믿지 않고 알려 준 대로 글을 쓰지 않는다. 학생도 자신의 글을 쓰기 시작하면 작가가 되기 때문이다. 수업의 구성원들은 쓰기와 읽기를 사랑하는 문학 애호가들이지만 각각의 감각과 미학은 섬처럼 서로 떨어져 있다. 우리가 우리에게서 발견할 수 있는 것은 합의가 아닌 어쩌면 명확한 호불호, 다시 말해 선명한 색으로 구분된 각자의 취향이다.

그래서 수업하는 게 어렵다. 수업을 들었을 때는 몰랐지만 혹은 상관없었지만(그냥 앉아만 있어도 되기 때문에.) 수업을 하는 상황에서 이런 불확실한 상태와 마음은 항상 회의감과 의문을 품게 한다. 모두가 동의하거나 따를 수 있는 법칙과 정의가 없는 상황에서 어떤 법칙과 정의를 말해야 하기 때문이다. 설명해 주거나 질문에 답해 주거나 어떤 '정보'나 '앎'을 줘야 하는데 스스로도 그것이 부정확하다고 믿기에 한마디 할 때마다 두려울 수밖에 없다.

그렇다면 창작 수업은 창작에 도움이 되지 않을까? 이 질문에 대한 답을 내가 겪은 경험으로만 말해도 된다면(그렇게밖에 말할 수 없을 테지만.) 자신 있게 답할 수 있다.

도움이 된다. 엄청나게 도움이 된다. 적어도 내게는 그랬다. 창작 수업이 없었다면 창작을 할 수도 없었고 잘 할 수도 없었을 거라고 지금도 믿고 있다.

배울 수도 가르칠 수도 없다면서? 창작 수업은 가능한지 불가능한지도 판단할 수 없다면서? 맞다. 하지만 창작 수업을 통해 내가 얻은 것은 법칙과 방식이 아니다. 시간이다. 글을 쓸 수 있는(읽을 수 있는) 시간과 글을 쓸 수 있는(읽을 수 있는) 기회였다. 시간과 기회. 그것이 진정 중요한 교육이었다고 말해도 될까?

글을 쓰면 읽어 주는 독자를 만날 수 있는 것도 좋았고(합평은 끔찍하고 슬펐지만……) 실제 자신의 작품을 창작하는 작가의 생생한 말과 의견을 들을 수 있었다. 나는 그 시절을 살면서 다른 사람으로 변했다. 글을 쓰고 싶어

하는 사람에서 글을 쓰는 사람으로. 글을 쓰는 사람에서 글을 잘 쓰는 사람…… 그건 아니고.

그 믿음으로 지금까지 수업을 하고 있다. 이 시간과 이 경험은 학생에게 혹은 선생에게 반드시 도움이 될 것이다.

나의 선생님

한승원 선생님

소설 창작 수업에서 말 많은 학생. 어려운 단어를
사용하면 똑똑하고 문학적이겠지, 착각하고 심지어 그 말에
약간 도취되는 학생. 롤랑 바르트 책 한 단락 읽고 '푼크툼'이
어쩌고저쩌고, 발터 벤야민 수업 듣고 '기술 복제 시대'니
'아우라'니, 가라타니 고진은 이렇게 말했죠, '근대문학의
종언을 선포합니다.' 어디서 주워들은 온갖 개념과 단어를
합평 수업 내용과 맥락에 어울리지 않아도 일단 늘어놓고
보는(그래서 분위기 싸하게 만드는) 학생.

하지만 마음속으로는 부족한 독서량과 서툰 글쓰기
실력이 탄로날까 봐(누구도 관심 갖지 않았음에도)

전전긍긍하는, 피해 의식에 푹 빠져 있는 학생. 그게 바로
나였다.

한승원 선생님은 내가 처음 만난 소설의 대가였다.
학기가 시작되고 한참 지났을 때도 나는 선생님이 『아제아제
바라아제』를 쓴, 한국을 대표하는 소설가라는 것을 몰랐다.
소탈하고 담백한 말투. 느리고 부드러운 뉘앙스. 한없이
자비로운 미소로 수업 시간 내내 학생들을 사랑스럽게
바라보는 마음씨 좋은 아저씨라고만 생각했다. 나는 문창과
학생이 아닌 타과생이어서 선생님에 대한 정보가 전혀
없었다. 한승원 선생님은 수업 시간에 내가 이 말 저 말 마구
할 때 너그럽게 들어 주셨다.

"정용준 학생은 굉장히 합평을 잘해. 소설을 보는 눈이
정확하고 문학에 대한 열정이 크네."

그런 말을 들을 때 포커페이스를 유지하려 애썼지만
마음은 일렁거렸다. 좋았다. 보람찼다. 내 노력을 인정받는
것 같았다. 불안하고 초조한 마음이 조금 진정되는 것
같았다.

내 소설을 발표하는 날이었다. 약간 자신감이 붙은
상태였다. 읽기 경험이 쓰기 경험에 도움을 줄 수는 있지만
직접적인 영향은 주지 않는다. 하지만 나는 내 소설이 내가

읽은 것과 비슷한 DNA와 아우라를 갖고 있을 거라는 근거 없는 착각을 하고 있었다. 그러니까 이런 식이다.

'내가 요즘 카뮈를 열심히 읽었으니 내 소설도 어느 정도 카뮈 같은 음색과 분위기를 갖고 있겠지. 베케트의 글을 좋게 읽었으니 내 문장에도 베케트적인 문학적 리듬과 사운드가 깃들어 있을 거야.'

참으로 순진하고 어리석은 생각이 아닐 수 없다. 학생들은 누구에게나 해 주는 관습적인 칭찬(문장이 안정됐고 소재가 좋으며 지금은 아쉽지만 잘 다듬으면 좋은 작품이 될 것 같다.)을 해 주었고 몇몇 학생은 굉장히 난감하고 불편한 얼굴로 내 소설이 얼마나 이상하고 괴상한지, 그럼에도 뻔한지를 최대한 예의 바르게 말하기 위해 애를 썼다.

사실 나는 학생들의 의견에는 큰 관심이 없었다. 소설의 대가인 선생님의 피드백만 들으면 됐다. 그가 내 소설의 진가를 알아봐 줄 것이다. 학생들은 발견할 수 없었지만 소설에 진심인 자들은 알아볼 수 있는 의도와 의미를 찾아내 줄 것이다.

드디어 한승원 선생님 차례. 그는 미소를 띠며 자비로운 표정으로 나를 그윽하게 바라보며 천천히 말씀하셨다.

"정용준 학생은 눈높이는 높은데 손높이는 그렇지 않은 것 같네."

나는 붉어진 얼굴로 고개를 푹 숙이고 선생님의 말을
노트에 적었다. '멋진 문장들이 많다. 마치 실크 같다. 하지만
실크만 이용해 옷을 만들 수는 없다. 단단하고 튼튼한 문장.
평범하고 평이한 문장도 필요하다.'

지금도 나는 소설을 쓸 때, 소설을 고칠 때, 수업을 할 때,
학생들의 소설을 읽을 때, 선생님의 말을 생각한다. 눈높이와
손높이를 맞추자. 다른 이의 소설을 읽을 때처럼 내 소설을
읽자. 내 소설을 생각할 때처럼 다른 이의 소설을 생각하자.

선생님은 학생들을 만나기 위해 매주 장흥에서 택시를
타고 광주에 오셨다. 학생들을 당신의 집에 기꺼이 초대해
주셨다. 학생들과 함께 장흥의 바다를 거닐고 밥을 먹고 술을
마시며 도란도란 이야기 나누던 몇 개의 밤과 낮들. 내가 그
시절을 행복하고 따뜻한 날들로 기억하고 있는 것은 한승원
선생님과 함께했던 시절이 있었기 때문이다.

돌이켜 보면 선생님은 어떤 말씀도 차갑게 하지 않으셨다.
용기 잃지 않도록 격려와 응원을 아끼지 않으시면서도
다르게 생각하고 다르게 고치면 분명히 좋아질 방향도
제시해 주셨다. 나는 지금도 수업에 들어가기 전 거울을
보면서 선생님 같은 표정을 갖고 싶어 부드럽게 웃어 본다.

나희덕 선생님

나는 비록, 결국, 시인이 되지 못했다. 하지만 시인이
되고 싶었고 시인이 될 수 있을 줄 알았다. 진심으로 시를
썼고 열심히 투고했다. 시라는 형식 안에서 시를 담고,
누군가에게 이것이 시라고 설득시키는 것은 할 수 없었지만,
그럼에도 불구하고 나는 시를 썼고 지금도 시를 쓰고 있다.
나는 막연하게 문학성이라고 칭할 수 있는 그 무엇을 시라고
표현하는 걸 좋아한다. 그러니까 소설도 시가 되길 꿈꿔야
하고 시도 시가 되길 꿈꿔야 하는 것이다.

문학은 배우는 것이 아니라 발견하는 것이라는 것. 다르게
보고 시각을 바꾸고 다른 쪽에 서서 사물과 현상을 봐야
한다는 것. 시적으로 보고 시적으로 표현할 수 있어야 한다는
것. 그때도 지금도 조금의 이견도 없이 여전히 마음에 새기고
읽고 또 읽는 말과 메시지. 나는 이것들을 나희덕 선생님께
배웠다.

처음 시 수업을 들었을 때가 스물다섯인가 스물여섯의
가을이었는데 그때 나는 산문시라는 게 존재하는지도
몰랐던, 시에 관한 한 완전한 바보였다. 시는 함축성, 운율,
비유, 리듬, 3,4,3,4……. 이런 것이라고 생각했는데 수업

시간에 배우고 읽은 시는 그냥 한 덩어리의 반죽과 벽돌처럼 단어들이 모여 있고 섞여 있었다. 수업이 끝나고 복도에서 선생님께 물었다.

"왜 시가 행과 연이 나누어지지 않았나요? 이게 시인가요?"

지금 생각해 보면 부끄러워 쥐구멍에라도 숨고 싶다. 최악 중에 최악 아닌가. 선생님은 잠시 난감한 표정으로 날 쳐다보셨지만 친절하게 답해 주셨다.(만약 내가 선생님이었다면 그렇게 답하지 않았을 것 같다. 시 수업을 듣겠다면서 그런 기본적이고 기초적인 개념조차 모르고 수업에 참여했다고 완곡하게든 완고하게든 혼을 냈을 것이다.)

"무엇보다 중요한 건 시를 읽어 보는 거예요. 지금 당장 도서관에 가서 다양한 시를 읽어 보세요."

그날 나는 도서관 4층에 앉아 시집을 탑처럼 높게 쌓고 읽기 시작했다. 무슨 말인지 몰랐고 잘 이해도 안 됐다. 이상하고 미상하고 때론 괴상하고 괴이한 문장도 많았다. 그런데 분명 좋은 것도 많았다. 그 좋음이 왜 좋은지 어떻게 좋은지 알 수 없었지만. 그때 그렇게 마구잡이로 읽었던 것은 도움이 됐다. 시가 무엇인지. 아니, 시가 무엇이 아닌지, 어렴풋이 하지만 분명하게 알 수 있었다. 시는, 그리고 시라는 형식은, 배우는 것이 아니라 읽는 거였구나. 읽는 것이 아니라 겪는 거였구나.

선생님을 통해 시의 이론을 배웠고 시 쓰기를 배웠고 시를 생각하고 말하고 나누는 것이 무엇인지 배웠다. 뿐만 아니라 음악과 미술, 영화와 오래된 옛 이야기까지 배웠다. 언어가 시가 되는 과정. 시가 언어가 되는 과정. 학부 수업과 대학원 수업 내내 선생님을 통해 지켜보고 알게 됐다. 선생님이 말해 주신 모든 것들. 그가 읽고 겪었고 생각했던 모든 것들. 몇 개의 고통과 즐거움. 가끔의 슬픔까지 모두 시였고 음악이었다. 그는 학생들에게 곁도 잘 내어 주셨다. 끝내주게 좋은 음악이 흐르는 공간에서 사 주셨던 맛있는 안주와 와인. 눈 감으면 다 떠오른다. 선생님과 함께한 시간이 그냥 모두 시였다.

얼마 전 선생님이 펴내신 시집 『가능주의자』(문학동네, 2021)를 읽으면서 문장 밑에 밑줄을 긋다가 잠시 생각했다.

나의 시대, 나의 짐승이여,
이 이빨과 발톱을 어찌하면 좋을까요
찢긴 살과 혈관 속에 남아 있는
이 핏기를 언제까지 견뎌야 하는 것일까요

그럼에도 불구하고,

아직 무언가 가능하다고 말하는 사람이 되는 것은
어떤 어둠에 기대어 가능한 일일까요
어떤 어둠의 빛에 눈멀어야 가능한 일일까요

세상에, 가능주의자라니, 대체 얼마나 가당찮은 꿈인가요
—「가능주의자」에서

　선생님은 그때도 그랬다. 시대의 폭력과 불합리, 개인의
아픔과 통증에 거리를 두지 않으셨다. 대책 없이 분노하지
않으셨고 힘없이 낙담하지도 않으셨다. 언제나 그럼에도
불구하고 언어로 나아가는 시인이었다. 가능하지 않은 일도
가능해야 하기에. 불가능에도 가능성을 말해야 하기에.
가능주의자가 되려 합니다, 라는 고백 혹은 선언. 그것이
가당찮은 꿈이라고 말하면서도 꿈으로만 두지 않으려는,
언제나 멋있는 나의 선생님.
　오래전 처음 수업을 들었을 때도 선생님은 많은 시를 쓴
시인이면서 지금의 시를 쓰는 시인이었는데 그때로부터
10년이 넘는 세월이 흘렀어도 여전히 이렇게나 생생하게
지금의 시를 쓸 수 있구나. 그것이 대단하고 멋져서 바로

하트 뿅뿅 문자를 보내려다 꾹 참고 여기에 긴 문자로 남겨
둔다.

이장욱 선생님

석사 3학기 때 이장욱 선생님을 만났고 두 학기 수업을
들었다. 졸업 전에 그의 수업을 들은 건 엄청난 행운이었지만
겨우 두 학기밖에 수업을 들을 수 없었던 건 애석하다. 1년만
더, 아니 한 학기만 더, 수업에서 만났다면 나는 지금보다 더
많이 알았을 거고 그만큼 더 나아졌을 텐데. 뭐라고 딱 집어
말할 수는 없지만 문학적인 기운이 더 강해지거나 승해졌을
텐데.

그는 내게 처음부터 작가였고 끝까지 작가였다. 아무리
선생님, 선생님, 해도 선생님처럼 느껴지지 않았다. 매주
강의실에서 만났지만 낭독회나 작가와의 만남에 참석한
것처럼 항상 설레고 어색했다. 나는 그를 동경했고 흠모했다.
뭘 배웠다기보다 수업 시간에 그를 멍하니 바라봤던 것
같다. 그렇게만 해도 뭔가 차올랐고 빈 부분이 채워지는
게 느껴졌다. 그의 입에서 나온 것들에 대해서라면 정보나
지식뿐만 아니라 말과 단어를 휘감고 있는 어떤 기운까지

알고 싶었다. 그의 말과 뉘앙스에는 갖고 오고 싶은, 그것이 안 된다면 베끼고 싶은 무엇인가가 있었다. 시선이라고 해야 할까. 인식이라고 해야 할까.

그는 이제 안 보이는 투명 괴물, 혹은 제 그림자와 싸운다. 희미한 빛 속에서 홀로 섀도복싱을 하는 고독한 인파이터들.[7]

수업 시간에 만나고 도서관에서는 그의 소설과 시를 읽었다. 완전히 다르면서 너무도 똑같은 두 인물. 시인과 소설가. 선생과 작가. 두 이미지가 하나의 층위에 겹쳐지는 홀로그램처럼 그 느낌 자체가 내겐 시적이고 문학적이었다. 『나의 우울한 모던보이』의 모던보이가 이장욱처럼 느껴졌다. 글 속에서 만나는 그림자. 그 그림자와 복싱을 하는 고독한 아웃복서 이장욱. 지금 생각해 보면 정말 웃기고 치기 어리지만 그때의 나는 수업 시간에 퍽 진지하게 그런 상상을 하곤 했다. 리얼리즘과 모더니즘을 이야기하고 학생들의 글에 대해 피드백을 하는 선생님을 보면서 생각했다.

'지금 우울한 모던 보이가 섀도복싱을 하고 있구나. 아……. 멋있다.'

7 이장욱, 『나의 우울한 모던 보이』(창비, 2005), 8쪽.

글은 어쩔 수 없이 혼자 써야 한다. 늦은 밤 혼자 책상 앞에 앉아 있다 보면 글쓰기를 이렇게 저렇게 비유하며 받아들이곤 하는데 지금도 자주 생각하는 이미지는 '제 그림자와 섀도복싱을 하는 고독한 복서'다. 그걸 생각하면 이유는 알 수 없지만 위로가 된다. 받아들일 수 없던 걸 받아들이게 된다. 어떤 나쁜 열기와 불안과 초조로부터 벗어날 수 있게 된다. 좋은 체념. 적당한 포기. 외부의 상황과 내면의 못난 마음에 휘둘리지 않고 혼자 묵묵히 해야 할 일을 하고 정직하게 땀을 흘리며 공이 울릴 때까지 라운드를 마치는 것. 그것을 아름다움으로 생각했고 그 반복과 루틴을 지켜야 할 가치라고 생각했다.

아무도 없는 희미한 링을 생각한다. 그건 싸움도 아니고 경기도 아니다. 연습이지만 실전이고 적이 없지만 가장 강력한 적을 마주하고 있다. 누구에게 위로를 받을 수도 없고, 환호를 받을 수도 없고, 수건을 던져 줄 사람도 없고, 힘을 내라고 파이팅을 외쳐 줄 사람도 없다. 외롭고 고독하고 심심한 일이지만 내게는 너무도 중요하고 소중한 일. 글쓰기.

괜히 혼자 열등감에 시달렸다. 저런 사람이 작가라면 나는 못할 것 같았다. 애는 써 보겠지만 저렇게는 안 되겠지. 세상에 사람이 어쩜 저렇게 글을 잘 쓰나. 시도 쓰고 소설도 쓰고 비평도 쓰는 작가는 있지만 시도 잘 쓰고 소설도 잘 쓰고 비평도 잘 쓰는 작가는 이장욱밖에 없을 거야. 부럽다. 대단하다. 이건 뭐 문학완전체가 아닌가. 이장욱 선생님은 내가 의자에 앉아서 속으로 이런 생각을 하고 있었다는 것을 모를 거다. 지금도 미스터리다. 나는 천성적으로 누굴 부러워하거나 내게 없는 것을 갖고 싶어서 힘들어하는 성격이 아니다. 하지만 처음 그 마음을 갖고 끙끙거렸던 것이 내게는 진짜 수업이었다.

젊은작가상 시상식 때 이장욱 선생님과 한자리에 앉은 적이 있었다. 나는 선생님과 같은 작품집에 묶이는 것이 좋으면서도 부끄러운 굉장히 복잡한 기분을 느끼고 있었다. 그때 이장욱 선생님이 곁에 다가와 말했다.

"용준아. 부탁인데 나를 선생님이라고 부르지 마."

그 마음 너무 잘 알겠어서 네, 라고 답했다. 하지만 뭐라고 불러야 한단 말인가. 선배님. 장욱님. 장욱 씨? 그때 어떻게 불렀는지 잊어버렸다. 아마 무엇으로도 부르지 않았던 것 같다.

지금은 뭐라고 부르냐고? 선생님이지. 이장욱은 내게 영원한 선생님이니까.

이승우 선생님

　만약 소설이 배워서 쓸 수 있는 것이라면 나는 소설
쓰기의 거의 모든 것을 이승우 선생님에게 배웠다.
문예창작학과를 복수전공하는 4학기 동안 그의 수업을 다
들었다. 3학년 수업을 들으면서 4학년 수업을 동시에 들었고
2학년 수업은 청강했다. 4학년 때는 이미 들었던 수업을
재수강했다. 그 시절의 난 절실했다. 이십대 후반이 되어서야
드디어 마음과 열정을 쏟을 수 있는 무언가를 발견했는데
그것에 대해 아는 것이 거의 없었다. 수업에 참여한 모든
사람들이 당연히 알고 있는 걸 혼자만 몰랐다. 유명한 작가는
내게 무명이었고 교과서에 실릴 만큼 널리 알려진 소설조차
읽은 게 없었다. (이청준, 오정희도 읽지 않았고 심지어 기형도는
섬 이름인 줄 알았다.)

　이승우 선생님은 나를 문학의 세계로 적극적으로 이끌어
주시지는 않았지만 그 세계에 무모하게 뛰어드는 걸
막지 않으셨다. 질문하면 답해 주셨고 연구실에 찾아가면
잠깐이라도 머물게 해 주셨다. 나는 스펀지처럼 그의 모든
것을 흡수했다. 그의 입에서 나온 작가와 작품은 모두
읽으려고 했다. 어려워도 읽었고 이상해도 읽었다. 지금
생각해 보면 내 취향이 아닌 것도 읽었던 것 같다. 그가 쓴

것이라면 짧은 산문이나 추천사까지도 열심히 읽었다. 그가
좋아하는 문학. 그의 소설관. 그가 글을 쓰면서 겪고 느꼈던
모든 이야기와 문학적 판단. 그것들은 모두 내 문학의 기초와
재료가 됐다. 선생님이 읽은 것. 언급한 것. 중요하다고
생각한 것. 그 입에서 흘러나온 모든 단어들과 개념들 모두
적거나 기억했다. 이해가 안 되면 괴로웠고 모르면 공부했다.
누군가를 그렇게까지 순전하게 믿고 따른 적이 있었던가.

　그때의 내겐 믿음이 있었다. 선생님은 소설 그 자체이므로
그가 알려 준 대로 하면 나도 소설의 일부가 될 수 있을 거야.
문학 세계의 일원이 될 수 있을 거야. 그가 계속 읽어 준다면
나는 소설을 계속 쓸 수 있을 거야. 만약에 그가 내 소설을
마음에 들어하고 칭찬해 주는 날이 온다면……. 나는 소설을
잘 쓰는 사람이 되어 있을 거야. 그리고 언젠가 어떤 날
선생님은 말했다.

　"이 학생을 3학기째 창작 수업에서 만나고 있는데 정말
열심히 합니다. 성장하고 있어요."

　성장이라니, 나는 살면서 그런 말을 들어본 적이 없었다.
엉엉.

　그는 소설을 가르치는 선생이기 전에 소설을 쓰는
소설가였다. 학기가 끝나고 종강할 때 선생님은 학생들에게

"방학에 놀지 말고 소설 열심히 써라."라고 당부했다. 학생들은 소설을 안 썼지만 정작 선생님은 방학에 열심히 소설을 써서 다음 계절에 신작 소설을 발표했다. 그땐 몰랐다. 그것이 얼마나 대단한 일인지. 그것이 얼마나 힘든 일인지. 그것이 얼마나 멋진 일인지. 그것이 얼마나 학생들을 위한 일이었는지. 선생님은 알려 주셨다. 작가는 어떤 소설의 작가일 수 있지만 계속 작가로 살기 위해서는 지금 쓰는 글이 있어야 한다는 것을. 그것을 위해 시간을 내고 용기를 내며 노력하고 분투하며 살아야 한다는 것을.

선생님은 『나는 아주 오래 살 것이다』라는 책에서 다음과 같이 말했다.

나는 절필하지 않을 것이다.[8]

십수 년 전 저 문장을 읽었을 때는 아무 느낌이 없었다. 새삼스럽게, 작가라면 당연한 것 아닌가. 세월이 흘러 저 문장을 다시 읽었을 때 어떤 공포를 느꼈다. 절필하지 않을 것이다, 라고 말해야 했을 때 절필할 것이다, 라는 문장도

8 이승우, 『나는 아주 오래 살 것이다』(문이당, 2002), 5쪽.

한쪽 마음에 있었을 것이다. 그래서 그 말을 글로 써 넣어야 했을 것이다. 쓴다는 것은, 계속 쓴다는 것은, 다짐하듯 표어를 써서 벽에 붙이듯 그렇게 애를 쓰며 나 자신을 설득해야만 가능한 일이었는지 모른다. 여러 생각과 고민 끝에 깨끗하게 쓴 한 줄의 다짐. 그리고 그것을 묵묵히 지켜 나가는 작가의 삶. 두려움을 느끼면서도 앞으로 나아가는 자는 얼마나 아름다운가. 웅크린 뒷모습. 한 발 한 발 걸어 남긴 그의 발자국. 크고 넓어 한 번에 그려 낼 수 없는 거대한 그림처럼 보였다. 선생은 어떻게 계속 이렇게 살 수 있었을까. 어떻게 계속 이렇게 쓸 수 있었을까. 쓰겠다는 다짐을, 절필하지 않겠다는 다짐을, 이렇게 매 순간 증명하며 꾸준하고 끊임없을 수 있다니.

이승우 선생님을 만나지 않았다면 소설을 쓸 수 있었을까? 인생을 가정형으로 생각하는 건 무의미하고 취향도 아니지만, 그래도 생각해 볼 때가 있다. 글쎄. 모르겠다. 썼겠지만 중간에 관두었을 것이다. 몇 가지 질문과 의문을 해결하지 못하고 무너졌을 것이다. 용기를 낼 수 없어 첫 문장을 쓸 수 없었을 것이다. 자의식 과잉으로 아무 말이나 막 썼을 것이다. 분노와 슬픔이 밤과 낮을 바꾸어 가며 마음과 문장을 오염시켰을 것이다. 무엇보다 확실한 것은 지금까지 소설을 쓰지 않았을 것이다. 문학은 혼자 하는 거다. 맞는 말이다. '소설 쓰기'는 가르쳐 줄 수 없고 배울 수도 없다. 그것도 어느 정도 맞는 말이다. 하지만 나는, 적어도 나는 아니다. 배우지 않았다면, 선생님이 도와주지 않았다면, 할 수 없었을 것이다.

내게는 강한 작가 정신이 없다. 나는 혼자 결심하고 혼자 그 결심을 실천하고 스스로를 갱신하고 이번 소설과 다음 소설을 써 나갈 수 있는 고독하지만 단단한 성향의 참 작가가 아니다. 나는 응원이 필요했고 확신이 필요했다. 선생님이 응원해 주었고 확신을 줬다.(선생님께서는 그런 적 없다고 하셨지만.)

언젠가 어떤 날 풀기 어려운 고민과 낮아진 자존감으로 몇 밤을 뒤척일 때 선생님께 메일을 보낸 적이 있다. 소설에 관한 고민들. 회의감으로 의욕을 잃은 읽기와 쓰기. 오해와 편견 속에 얼룩진 마음과 감정을 솔직하게 말했다. 그렇게 며칠이 흘렀고 멀리 영국에서 답신이 도착했다. 선생님은 내 안녕과 평안을 빌어 주셨고 여전히 내 가능성을 칭찬해 주셨다. 한국에 돌아가면 맛있게 맥주 한 잔 하자, 그때까지 글 열심히 쓰고 건강하자, 말해 주셨다.

나는 지금도 메일 속의 한 문장을 마음 속 표어로 삼고

살고 있다. 마음이 좋은 쪽으로 혹은 나쁜 쪽으로 크게
요동칠 때마다 그 문장을 생각한다.

"추켜세워도 뛰지 말고, 깎아내려도 주저앉지 말아라."

노력에 관한 몇 가지 생각

1 쓰고 싶다는 마음

소설을 쓰기 위해서는 많은 경험을 해야 한다. 다양한 에피소드와 독특한 소재, 자신만의 주제가 있어야 한다. 맞는 말이다. 하지만 경험과 에피소드가 창작에 도움이 되려면 먼저 소설을 쓰고 싶은 마음이 있어야 한다. 말장난 같겠지만 소설을 쓰려면 먼저 소설을 쓰고 싶어 해야 하기 때문이다.

오지를 탐험하고 세계를 일주하는 모험가라 할지라도, 많은 아르바이트를 통해 다양한 직업의 세계를 알고 있다 할지라도, 온갖 풍파와 사건 사고를 겪으면서 '내 인생이 곧 영화와 드라마다!'인 인생을 살았다 할지라도, 쓰지 않으면 그것은 소설이 되지 않는다. 소설을 쓰고 싶은 이에게 그런 경험은 그 자체로 자산이 된다.

그러나 숱한 경험이 소설을 쓰기 위한 필요조건은 아니다. 드라마틱한 경험 없이 비교적 평범하고 평이한 삶을 살았다 할지라도 쓰고 싶은 마음만 있다면 소설을 쓸 수 있다. 벤치에 앉아 있으면 벤치에 앉은 인물에 대해서 쓰고 산책을 하면 산책을 하는 인물과 마음에 대해 소설을 쓴다.

소설을 쓰기 위해 혹은 잘 쓰기 위해 어떤 노력을 하고 싶다면 다른 무엇보다 '쓰고 싶다'는 마음이 사라지지 않도록 해야 한다. 마음과 욕망은 꺼지지 않는 불꽃이 아니다. 가만히 두면 언젠가는 사라지는 평범한 불이다.

「하울의 움직이는 성」에서 하울의 성을 움직이는 엔진은 불꽃 악마 캘시퍼다. 캘시퍼는 잿더미 속 작은 화로 속에 숨어 계란 프라이를 요리해 주는 가정적인 불꽃처럼 보이지만 마음먹고 무럭무럭 자라나면 엄청난 에너지를 발휘한다. 성을 움직이게 하고 다른 세계로 이동하게도 한다. 불은 커지면 뜨겁고 모든 것을 태울 수 있는 강한 에너지다. 하지만 줄어들고 작아지면 한없이 약한 한 스푼의 온기일 뿐이다. 그것은 바람에도 꺼지고 더 이상 태울 것이 없어도 꺼진다.

때문에 불을 잘 관리해야 한다. 불이 옮겨 갈 수 있는

땔감을 제공해 줘야 하고 타고 남은 재를 주기적으로 치워야
한다. 큰 바람이 들어오지 않도록 가림막을 만들어 줘야 하고
산소가 완전히 차단되지 않도록 공기도 신경 써야 한다.

내버려두면 마음은 사라진다. 아무리 소중하고 중요하고
내게 의미가 있다고 하더라도 그냥 두면 약해지고 작아지며
결국 소멸되고 만다. 좋아하는 마음, 열정, 흥미, 다 똑같다.
계속 좋아하고 싶으면 노력해야 한다. 줄어들지 않도록
사라지지 않도록 애를 써야 한다. 계속 좋은 책을 읽어야
한다. '문학은 좋은 것이구나.' '아름답고 멋진 것이구나.'
'이런 걸 느끼려고 내가 소설을 읽는 거였어.' 이런 마음이
계속 있어야 한다. 좋은 문장을 읽고 문장을 휘감고 있는
매력을 발견하고 주기적으로 감탄도 할 수 있어야 한다. 내가
쓰고자 하는 문장과 만들고자 하는 이야기가 공산품 같은
것이 아니라는 믿음이 필요하다.

쓰기 역시 그렇다. 써지지 않는다고 계속 안 쓰면
곤란하다. 글은 원래 잘 안 써진다. 처음부터 잘 써졌던 날이
있던가. 쓰다 보면 잘 써지기도 하고 이런저런 문장 쓰다
보면 막혔던 것도 풀리고 새로운 생각도 떠오르는 거지.
당장 대회가 없어도 매일매일 기본적인 훈련을 하고 정해진
루틴을 따르는 운동선수처럼 쓰고 싶은 사람과 읽고 싶은
사람은 계속 읽고 계속 쓰기 위해서라도 '읽기'와 '쓰기'라는

행동을 멈춰서는 안 된다. 태어날 때부터 문학을 좋아하는 사람은 없다. 본능과 유전자 속에 소설 쓰는 DNA를 지니고 태어나는 사람 역시 없다. 쓰는 운명이란 것도 없다. 이것이 운명이었다고 말할 수 있는 사람은 그렇게 말하기 위해 평생을 열심히 읽고 열심히 쓰면서 자신의 마음을 잘 관리한 결과가 아닐까.

2 기질 존중

도대체 소설은 어떤 사람이 쓰는 걸까? 소설가에 대해서라면 막연한 환상 혹은 편견이 존재한다. 골방에 틀어박혀 세상과 담을 쌓고 하루 종일 소설만 쓰는 외골수를 상상하는 것이다. 허름한 트레이닝복 차림에 정돈되지 않은 헤어스타일, 커다란 뿔테 안경을 쓰고 담배를 피우며 깊은 고민에 빠져 있는 모습을 그리곤 한다. 소설가들은 어딘지 모르게 우울하고 괴팍하며 사회성이 부족해 사람들과 어울려 지내는 것을 꺼리거나 어려워한다고 생각한다.

그건 편견일 수도 있고 사실일 수도 있다. 어떤 소설가는 분명히 그런 모습과 태도로 소설을 쓰는 삶을 살지도 모른다. 하지만 대부분의 소설가는 평범한 일상 속에서 평범한 모습으로 산다. 많은 소설가는 생계를 위해 소설 외에 경제 활동을 겸하고 있기 때문에 표면적으로만 보면 그가 소설을 쓰는 사람인지 모를 수도 있다. 독특한 외양이나 삶의 방식은 소설가의 특징과 기질과는 거리가 멀다.

존 가드너는 『장편소설가 되기』에서 이야기꾼이 지닌 지성의 특질을 다음과 같이 설명했다.

위트(엉뚱한 것들을 연관 지으려 드는 경향), 고집스럽고 막나가는 성벽(모든 상식적인 사람들이 맞는다고 여기는 것을 믿기 거부하기), 어른답지 못한 성향(집중력과 진지한 삶의 목표가 턱없이 부족한 점, 공상과 무의미한 거짓말 일삼기, 적당한 존중심의 결여, 짓궂음, 별일 아닌 일에 툭하면 울어 대기), 뚜렷한 구강기나 항문기 고착 증세 또는 양쪽 모두(구강기 고착증은 과식, 과음, 지나친 흡연, 끊임없는 수다로 나타나고, 항문기 고착증은 결벽증과 음담패설에 대한 괴상한 집착이 합해진 형태로 나타난다), 놀라운 직관적 기억력 또는 시각적 기억력(초기 청소년기와 정신 지체의 일반적인 특징), 부끄러운 줄 모르는 장난기와 당혹스러운 진지함의 기이한 뒤섞임, 비이성적으로 심하게 종교적이거나 반종교적이어서 회유되는 당혹스러운 진지함, 고양이와 같은 참을성, 지나치게 약삭빠른 구석, 심리적 불안정함, 무모하고 충동적이고 경솔한 성격, 그리고 마지막으로 글이든 말이든

멋지거나 시원찮거나 이야기라면 사족을 못 쓰는 불가해하고
구제 불능의 탐닉벽.[9]

소설을 쓰려는 사람은 사회적으로 보여지는 표면적
모습을 고민할 것이 아니라 내면과 감정과 기질 속에 숨어
있는 자신의 기질과 개성을 살펴볼 필요가 있다. 사회적이고
윤리적인 기준으로 보면 미성숙하고 기이하다고 평가할
수 있는 요소들이 소설을 쓰는 사람에게는 중요한 기질로
작용할 수 있기 때문이다.

소설가는 세상과 인간에 대해 편협한 생각을 갖지 않고
어떤 특정한 가치와 윤리에 의해 세계를 판단하지 않아야
한다. 모든 것엔 다 사정이 있으며 사람들은 저마다 삶의
양식과 추구하는 바가 다르다. 인간에게는 외면과 내면이
있다. 비밀 없는 사람은 없고 욕망과 욕구가 없는 사람도
없다. 세상에 널리 알려진 개념과 합의된 의견들은 그 자체로
존중받아야 하지만 속사정을 살펴보면 밝혀지지 않고
은폐된 수많은 이야기가 도사리고 있다. 이야기를 만들고
창조하는 자들은 세계와 인간에게서 언제나 새로움을
발견할 수 있어야 하고 그것을 바탕으로 창의적인 이야기를

9 존 가드너 저, 임선근 역, 『장편소설가 되기』(걷는책, 2018), 87~88쪽.

생각하고 만들어 낼 수 있어야 한다.

그러기 위해 고정된 것이나 절대적인 것은 존재하지 않는다는 생각과 섣부른 판단을 내리지 않는 태도가 중요하다. 또한 작가는 자기 자신에 대해서도 같은 마음을 품어야 한다. 스스로에 대한 편견을 배격해야 하며 한계나 근거 없는 자의식 과잉에 취하지 않아야 한다. 그리고 무엇보다 자기 자신을 낯선 존재로 바라볼 수 있어야 한다. 때로는 잘 모르는 사람에게 하듯 기다려 주거나 아무것도 미리 판단하지 않으려는 태도도 필요하다.

어떤 사람이 소설을 쓰는가? 내면에 무엇인가 가득한 사람이 소설을 쓴다. 다른 사람이라면 고민조차 하지 않았을 생각들을 하며 세상을 보는 사람이 소설을 쓴다. 세계와 현상에 대한 의문과 질문을 품고 어느 것 하나 사소하고 일반적인 것으로 바라보지 않으며, 그렇게 바라볼 수 없는 사람이 소설을 쓴다. 그런 기질 속에는 엉뚱함과 고집이 있고, 의심하는 눈과 현상에 대한 회의감을 품고 있다.

겉보기에 집중력이 부족하고 항상 자신만의 세계에 빠져 있는 것처럼 보일 수도 있다. 어른답지 못하고 미성숙한 모습을 보이기도 하고, 감정적이거나 한없이 감상적이기도 하다. 자신의 욕망과 욕구에 충실하거나 반대로 욕망과 욕구에 지나치게 엄격한 모습을 보일 때도 있다. 이성적인 능력이 뛰어나지만 동시에 비이성적일 때도 있다. 과학과 논리의 질서 속에서도 직관과 환상으로 세계를 바라보기도 한다. 사람들은 그런 모습을 보며 괴짜라고 하거나 사차원이라고 부르기도 한다. 광기에 사로잡힌 예술가로 생각하기도 하지만 동시에 삶과 세계에 무책임한 비사회적인 구제 불능으로 여기기도 한다. 하지만 적어도 작가는 자신의 그런 기질이 이야기를 만들고 허구의 세계와 인물을 창조하는 이야기꾼의 근간이라고 생각할 수 있어야 한다.

소설을 쓸 때 글쓰기를 방해하는 가장 큰 적은 가족도 아니고 친구도 아니다. 바로 자기 자신이다.

3 용기와 용감

소설가가 그다음 소설을 쓸 수 없는 이유는 무엇일까? 더 이상 새로운 아이디어가 떠오르지 않아서일까? 소설로 쓸 만한 소재가 없기 때문일까? 갑자기 마음속에서 소설 쓰기에 대한 욕망과 소원이 사라져서일까? 아니다. 대부분 그다음 소설을 쓰지 못하는 것은 순전히 두려움 때문이다.

소설을 쓰는 과정 중에 무언가 쉽지 않다는 것을 깨달았고, 내 의도가 소설 속에 자연스럽게 녹아들지 않는다는 것도 알았다. 작가인 내게는 괜찮게 보이는 것들이, 아무 이상을 느끼지 못했던 전개와 표현들이, 제삼자의 눈에는 이상해 보이고 서툴러 보인다는 것을 알고 충격을 받았다.

오직 나만의 생각과 아이디어로 가득한 자신의 소설을 읽고 독자들은 말한다. 어디에서 본 것 같다. 뻔하다. 형상화가 잘 된 것 같지 않다. 재미가 없다. 큰 매력을 느끼지 못했다. 솔직한 감상이고 도움이 되는 피드백일지라도 소설가에게는 모두 상처로 남는 말이다.

다음 소설을 쓰고 싶은 마음은 있다. 소설이 되기를 기다리는 많은 소재와 이야기가 있다. 하지만 몰랐을 때는 아무렇지 않았는데 그런 것들을 알고 나니 소설을 쓸 마음이 생기지 않는다. 한 줄을 쓰고 한 장면을 만드는 것이 자꾸 주저된다.

계속 쓰기 위해서는 처음 소설을 쓸 때와는 다른 마음가짐이 필요하다. 더 많이 고민해야 하고 글을 잘 쓰기 위한 다양한 노력도 해야 한다. 무엇을 쓸지, 어떻게 쓸지, 어떤 표현과 어떤 장면과 어떤 이야기를 만들지 구체적으로 생각하고 고민해야 한다.

하지만 그보다 더 중요한 게 있다. 바로 용기를 내는 것이다. 두려움을 이겨 내고 주저함을 떨쳐 내고 첫 문장을 써야 한다. 처음부터 잘 쓰는 작가는 없다. 시간과 경험이 누적될수록 실력이 향상되는 것처럼 글도 쓰면 쓸수록 시간을 들이면 들일수록 더 나아진다.

시작하는 사람은 자신의 소설을 기성 작가들의 완성된 소설과 나란히 두고 미리 절망할 필요가 없다. 시간과 역사를 이겨 내고 살아남은 완성도 높은 고전들과 비교해서 자신을 깎아내릴 필요가 없다. 소설을 쓰면 소설가가 된다. 더 나은 소설을 쓰면 더 나은 소설가가 되는 것뿐이다. 두려움이 커지면 자신을 비하하고 끊임없이 다른 사람들과 다른 작품들을 자신과 비교한다. 재능이 없다고 생각하며 자신의 인생은 작가의 길과는 무관한 운명이라고 여긴다. 더 이상 소설을 쓸 수 없다고 스스로를 합리화한다.

사실 글쓰기에 특별한 재능은 없다. 만약 재능이란 게 있다면 그건 누구에게나 있고 누구나 발전시킬 수 있는 종류의 일반적인 능력일 것이다. 많은 사람이 믿고 예상하는 것처럼 재능은 소설가가 되는 데 필수적인 요건도 아닐 뿐더러 막상 소설을 써 보면 크게 도움도 안 된다. 언어 감각이 좋고 신기한 이야기를 만들어 내는 많은 소설가 지망생들이 있긴 하지만 그런 능력을 갖추었기 때문에 소설가가 되는 것은 아니다. 도리어 특별한 표현법이나 특이한 상상력을 갖고 있지는 않지만 평범한 이야기와 일상의 문제들을 한 편씩 꾸준히 써 내는 소설가 지망생이 마침내 자신의 소설책을 출간하는 경우가 많다.

물론 소설가에게 필요한 재능이 있긴 있다. 하지만 그것은 하늘이 주는 재능은 아니다. 계속 쓰려는 마음과 그 마음을 지켜 내는 능력과 그 능력에 의지해 소설 쓰기에 적극적으로 뛰어들고 여러 어려움과 실패의 두려움을 이겨 내면서 계속 소설을 써 나가는 행동력, 그것이 바로 재능이다.

용기를 내는 작가가 되자. 용감하게 쓰자.

'꼭' 해야 하는지 묻는다면

자주 듣는 질문이 있다.

"소설을 쓰기 전에 꼭 구상을 해야 하나요? 플롯은 꼭 짜야 하나요?"

소설을 쓸 때 항상 나는 내 자신에게 묻곤 한다. 꼭 구상을 해야 할까? 플롯은 꼭 짜야 할까? 질문이라기보다는 짜증과 투정에 가까운 이 물음의 핵심은 방점을 '꼭'에 찍어야 한다는 것이다. 해야 할 것 같은데, 꼭 해야 하나. 짜야 할 것 같은데, 꼭 짜야 하나. 나는 이런 뉘앙스의 질문을 이럴 때 하곤 한다. 가기 싫은데 가야 할 때. 만나기 싫은데 만나야 할 때. 하기 싫은데 해야 할 때.

소설을 쓰는 것을 여행 가는 것과 비교해 보자. 열심히 일한 당신. 드디어 그토록 바라던 여행을 떠나기로 결심했다. 날짜를 정하고 장소를 정한다. 그리고 무엇을 하는가.

아마 많은 이들은 계획을 세울 것이다. 항공권을 예매하고 숙소를 예약한다. 맛집을 검색하고 반드시 가야 할 유명 관광지와 알려져 있지 않지만 아는 사람은 안다는 숨겨진 명소 같은 곳도 꼼꼼하게 알아본다. 무엇을 먹어야 할지 어느 식당이 맛있고 친절한지 검색하고 또 검색한다. 그곳에서 사용할 언어를 공부하기도 하고 그곳에서 사용할 도구나 물품 같은 것을 미리 챙겨 놓는다. 그곳에서 입을 옷을 고민하고 마땅한 것이 없다면 구입하기도 한다. 가방을 무엇을 가져갈지 캐리어의 크기는 어느 정도가 적당할지 아무리 고민하고 또 고민해도 고민할 거리는 늘어나고 완벽하게 준비가 되었다고 생각하더라도 어째서인지 마음은 불안하다.

고작 여행인데, 누가 억지로 시키는 것도 아니고 자유가 억압되는 것도 아닌데, 뭘 그렇게까지 오래오래 세심하게 준비를 하는 걸까. 이유는 단순하다. 여행을 망치고 싶지 않으니까. 변수 없이 사고 없이 잘 다녀오고 싶으니까. 이왕 가는 것 누구보다 재밌고 유익하게 다녀오고 싶으니까.

하지만 그렇게 계획을 세심하게 짜고 철저하게 준비를 해도 계획대로 생각대로 되지 않는다. 수많은 변수가 여행을 어렵게도 더 쉽게도 만든다. 예상하지 못한 어려움을 겪기도 하고 생각도 못한 즐거운 일을 경험하기도 한다. 여행을 처음 가 본 사람이나 여행에 대한 이상하고 괴상한 낭만을 가진 사람만 계획 없이 떠나려고 한다. 무작정 가는 것. 아무나 만나 아무거나 먹고 아무 곳에서 자는 것. 즉흥적이고 충동적인 것을 통해 얻게 되는 미지의 경험과 모종의 흥미진진함을 진정한 여행으로 믿고 있다. 그들은 '자, 떠나자!' 외치고 택시 타고 공항 가서 비행기표를 끊으려고 한다. 현지에 도착했으니 현지인들과 어울리며 현지 음식을 먹으려고 한다. 그곳에서 낯설고 신비로운 영혼의 친구를 만나 진정한 소통을 나누고 평범하고 지루한 일상에서는 겪어 보지 못한 끝내주는 경험을 할 거라고 생각한다.

과연 그럴까. 비행기 표는 없을 것이고 현지 음식은 넘길 수 없을 것이며 말도 통하지 않는 당신과 어울리려는 사람은…… 아마도 사기꾼과 소매치기일 것이다.

나 역시 더는 그렇게 여행을 떠나지 않는다. 그렇게 가서 고생을 했고 낭패를 봤고 두려움을 느꼈으며 환상과 낭만은 무참히 깨지는 경험을 해 봤기 때문이다.

소설 한 편을 잘 완성하는 것은 여행을 잘 다녀오는 것보다 훨씬 더 어렵다. 변수가 많고 더 복잡하며 미리 준비할 수 있는 확실한 정보나 이정표 같은 것도 없다. 물론 모든 소설을 계획을 갖고 써야 하는 것은 아니다. 하지만 명확한 이야기가 있고 그 이야기가 인과와 어떤 흐름을 통해 변하는 장면들로 이루어져 있다면, 갈등이 있고 명확한 배경이 있고 인물에게 사연이 있다면, 그리고 그 인물이 사건의 중심에 위치해야 한다면, 작가는 쓰이는 대로 쓰는 것이 아니라 써야 하는 대로 써야 한다.

글 쓰는 거 하나도 어렵지 않다. 쓰고 싶은 대로 쓰면 된다. 그런데 그게 쓰이는 대로 쓰면 이상하게도 쓰고 싶은 대로 안 쓰인다. 그게 문제다.

글은 작가가 쓰는 것이지만 독자가 읽는 것이다. 다른 사람이 보기에도 말이 되고 일관성이 있어야 한다. 픽션이지만 있을 법해야 하고 뻥이지만 그럴 듯하게 보여야 한다. 때문에 작가는 여러 노력을 해야 하는데 그 노력 중 하나가 바로 소설을 잘 완성하기 위해 계획을 정하는 것이다.

구상한다. 구성한다. 플롯을 짠다. 밑그림을 그린다. 시놉시스나 트리트먼트를 작성한다. 이런 복잡한 말들은 간단히 말하면 작가가 원하는 대로 쓰기 위해 필요한 작업들이다. 하기 싫지만, 짜증 나지만, 뭔가 폼이 안 나고 멋이 없는 것 같지만, 그래서 꼭 해야 하나 수도 없이 자문해 보지만 어쩔 수 없이 하는 것들이다.

'꼭' 그렇게 해야 하느냐는 질문에 다시 답해 본다.

"아니다. 꼭 그렇게 할 필요는 없다."

가능하면, 가급적, 계획을 세우지 않아도 훌륭하고 성공적인 여행을 다녀오면 좋다. 심지어 낭만적이고 상상조차 하지 못한 새로움과 놀람이 가득하다면 더할 나위 없이 좋을 것이다. 그러나 그럴 자신이 없다면, 그렇게 될 것 같지도 않다면, 계획은 세우는 것이 작가에게 이로울 것이라고 말해 주고 싶다.

소중하고 귀한 것은, 다 그렇게 해야 하는 것 아닐까. 무대에 서기 전 리허설 하는 것. 발표하기 전 방에서 혼자 연습해 보는 것. 좋아하는 누군가를 만나기 전 거울을 보는 것. 고백하기 전 단어와 음성을 골라 보는 것. 편지를 쓰기 전에 빈 종이에 수많은 문장을 썼다 지웠다 연습해 보는 것.

쓰이는 대로 쓰고 싶지 않다. 다 쓰고 난 뒤, 분명히 내가 썼지만 내 의도와 내 마음과 달라진 소설을 읽고 이렇게 완성됐으니 이게 내 의도고 이게 내 마음이겠지, 합리화하고 싶지 않다. 나는 사는 대로 살고 싶지 않다. 매 순간 오고 가는 변덕스러운 감정으로 하루하루를 예측 불가능한 것으로 만들고 싶지 않다.

물론 내게도 그렇게 살고 싶었던 때가 있었다. 그게 더 멋지고 자유로워 보였으며 진정한 예술가처럼 보였으니까.

그런데 매 순간 느끼게 되는 즉흥적인 좋은 감각들은 내 의도와 다르고 내 마음과 달랐다. 그래서 좋았던 문장도 있었지만 부끄럽고 후회한 적도 많았다.

오늘도 난 꼭 그렇게 해야 하는 걸까, 꼭 그렇게 써야 하는 걸까, 수도 없이 질문했다. 하지만 결국 한숨을 내쉬며 어떻게 쓸지 고민했다. 고민한 것들을 하나씩 종이에 옮겨 적었다. 그리고 중얼거렸다. 이번엔 소설 잘 써 보고 싶다.

스토리와 스토리텔러

재밌는 이야기는 어떻게 만들어지는 걸까?

당연한 말이지만 이야기가 재밌어야 한다. 모티프가 되는 소재는 신선하고 전개는 흥미진진해야 한다. 생생히 살아 있는 인물은 전형적이지 않고 캐릭터가 뚜렷하며 매력이 넘친다. 위기와 절정의 순간에 수동적이지 않고 이야기의 변화를 이끌며 갈등의 전후를 통해 독자들에게 이야기의 의미를 분명히 보여 준다. 이야기를 관통하며 동시에 전체를 아우르는 주제가 느껴진다면 더 좋을 것이다.(짧게 압축된 이 설명을 길고 자세히 풀어놓은 좋은 작법서들이 많다. 소재와 주제, 플롯을 만드는 법, 다양한 시점과 정확한 시제를 사용하는 법, 갈등을 설정하고 절정에 이르게 하는 다양하고 세세한 주옥같은 의견들. 당신이 소설을 쓰고 싶다면 몇 권 구입해서 반드시 정독해 보기를 권한다.)

재밌는 이야기 만들기 비법을 다섯 줄로 요약해 봤다. 이제 당신도 나도 재밌는 이야기를 쓸 수 있게 됐다.

자, 이제 써 보자.

안다. 그게 참 말처럼 쉽지 않다는 것을. 방법을 아는 것과 방법을 사용해 무엇인가를 실행하는 것은 다른 문제다. 설명서가 있어도 조립이 안 되고 레시피가 있어도 요리는 어렵다. 이야기도 마찬가지다. 작법서에 밑줄을 긋고 구상과 구성, 개연성과 필연성의 개념을 암기해도 이야기 쓰기는 어렵고 재밌게 쓰기는 더 어렵다.

왜일까. 그것을 실행하는 이가 사람이기 때문이다. '조금'과 '적당히'를 감각적으로 아는 손끝을 지닌 요리사의 몸. 물리적으로 구성한 이야기의 여러 요소를 유기적인 하나의 덩어리로 만들어 말해 주는 이야기꾼의 말. 이것들이 진정한 레시피고 진짜 이야기 작법일 것이다.

이야기를 생각하고 만드는 것도 중요하지만 어떻게 하면 그 이야기를 잘 전달할까를 고민하는 것이 훨씬 중요하다. 만약 당신이 어딘가에서 재밌는 에피소드를 들었다면 에피소드의 내용이 재밌는지, 그것을 전하는 자가 재밌는지 냉정하게 따져 봐야 한다. 에피소드를 마음에 간직하고

살다가 즐거운 자리에서 작심하고 꺼냈을 때 사람들이
냉랭한 반응을 보였다면, 어느 부분에서 웃어야 할지
어리둥절한 표정을 지었다면 에피소드를 탓할 게 아니라 그
재밌는 이야기를 적절하게 살리지 못하는 서툰 나 자신을
탓해야 한다.

　'스토리텔링'이라는 용어에서 방점은 '스토리'가 아닌
'텔링'에 있다. 스토리는 스스로 말할 수 없기에 스토리를
텔링할 텔러가 필요하다. 소설에서 인물이 중요하다고
말하지만 나는 소설에서 가장 중요한 인물은 주인공이 아닌
화자라고 믿는다. 소설의 3요소(주제, 구성, 문체)와 구성의
3요소(인물, 사건, 배경)를 생각해야 한다. 기승전결과 발단,
전개, 위기, 절정, 결말. 당연히 중요하다. 하지만 이 모든
것들을 하나의 이야기로 통합해서 말하게 될 마이크를 쥔
화자는 더더욱 중요할 것이다.

　그렇다면 훌륭한 스토리텔러는 어떤 기질을 지니고
있을까. 발터 벤야민은 에세이 「이야기꾼」에서 두 유형의
텔러를 제시하고 있다.[10] 한곳에 정착해서 땅을 경작하는
농부와 이 나라 저 나라를 옮겨 다니며 장사를 하는 선원이
바로 그것이다. 농부에게는 신기한 이야기나 새로운

10　발터 벤야민 저, 최성만 역, 『서사·기억·비평의 자리』(길, 2012).

에피소드 보따리는 없다. 하지만 한 공간, 한 인물, 한 세계가 지닌 다양한 내력과 시간의 밀도를 알고 있다. 선원은 선술집에서 가장 인기 있는 이야기꾼이다. 그는 이야기보따리를 열어 믿거나 말거나 모험의 에피소드를 늘어놓는다. 수평선 너머에 무엇이 있는지 누가 알겠는가. 선원들은 하늘에 떠 있는 섬을 방문하고 거인들이 사는 세계와 바다의 궁전을 다녀온 자들이다.

　매력적인 텔러는 또 있다. 다와다 요코는 『영혼 없는 작가』에서 말한다. 뱃사람보다 더 멀리 여행하며 가장 나이가 많은 농부보다도 한곳에서 더 오래 지내는 사람이 있다면 바로 죽은 사람들이라고 말이다. 그는 죽은 사람들보다 재밌는 이야기꾼은 또 없다고 말하며, 그 이유를 두고 죽은 사람들은 자신의 상처를 감추려는 목적이 없어 근본적으로 달리 표현하기 때문이라고 설명한다.

　죽은 이는 육체의 한계로 멈췄지만 더는 한계에 갇히지 않는 인간이다. 전능한 신과 같은 인간. 슬픈 귀신 같은 인간이다. 3인칭적인 신적인 시야와 시각을 가졌지만 어느 것도 만질 수 없고 음성으로 말할 수 없는 허상이고 그림자일 뿐이다. 정리해 보면 매력적인 스토리텔러는 우직한 농부처럼 깊고 많이 알아야 하며 엉뚱한 선원처럼 넓고 멀리

상상할 수 있어야 한다. 또한 전능한 신처럼 한계가 없고
슬픈 귀신처럼 사연이 있어야 한다.

　마지막으로 내가 가장 좋아하는 스토리텔러를 소개하고
싶다. 1000일 동안 단 하루의 마감도 어기지 않고 이야기를
만들어 낸 셰에라자드다. 셰에라자드는 흥미가 치솟을
때마다 넋을 놓고 이야기에 귀를 기울이는 왕을 그 고요한
상태 그대로 내버려두었는데, 그러면 곧 아침이 밝아
왔고, 셰에라자드는 어김없이 더 이상 이야기하지 않고
입을 다물기로 하는 현명한 판단을 내렸다. 제임스 설터는
『소설을 쓰고 싶다면』에서 말했다.

　　이 마지막 구절, 즉 "셰에라자드는 입을 다물었다"는
　　포스터가 언급했듯이 『천일야화』의 근간입니다. 다음 이야기는
　　어떻게 될까 알고 싶어 하는 열망이, '오, 계속 얘기해 줘'라는
　　것이 문학의 엔진인 것입니다.[11]

　어떤 스토리를 갖고 있든 누군가에게 그것을 들려주려면
듣는 자로 하여금 계속 듣고 싶게 만들어야 한다. 텔러가

11　제임스 설터 저, 서창렬 역, 『소설을 쓰고 싶다면』(마음산책, 2018), 41쪽.

엄청난 이야기를 준비하고 열정을 담아 말해도 듣는 자가 관심을 잃고 자리를 뜬다면 아무 소용이 없다.

계속 말하기 위해 적당할 때 침묵하는 것. 여백과 생략, 여운을 만드는 여유를 부리는 것. 조급하고 두려울수록 침착한 셰에라자드를 기억하자.

서로 고개를 끄덕여 주는 사이

작가는 읽기와 쓰기를 진심으로 혹은 본격적으로 하(려)는 사람이다. 그러나 일상에서 작가의 일은 쉽게 오해받는다. 책을 읽는 것과 노트나 노트북으로 무엇인가를 쓰는 것은 탁자를 만들거나 운전을 하는 것처럼 명확한 목적이 보이지 않는다. 그것은 출근하고 퇴근하기까지 주어진 업무에 열중하는 보편적인 일과 노동과는 확연히 달라 보인다. 소설이나 시 같은 문학을 읽는 것은 여전히 여가 시간에 짬을 내서 즐기는 취미라고 생각하는 인식이 많고 온종일 노트북 앞에 앉아 글을 쓰는 것은 서핑을 하고 게임을 하고 영화를 보고 채팅을 하는 것과 크게 달라 보이지 않는다.

'이것도 노동이야.' '나도 힘들어.' 이런 말을 하려는 건 아니고 낮에는 커피를 마시고 밤에는 술을 마시며 여유롭게

독서를 하고 사색과 산책을 즐기다가 떠오르는 영감에
의지해 한 문장씩 노트에 옮기는 한가하고 속 편한 인생의
이미지만큼은 벗고 싶다는 것이다.

일상에서는 읽기와 쓰기에 대해 이야기를 나눌 사람이
거의 없다. 좋은 책을 읽어도 말할 사람이 없다. 가령 친구를
만나면 이런 대화를 한다.

"이번에 김연수의 신작을 읽었는데 정말 좋았어."
"김연수? 누구?"

"『고도를 기다리며』를 최근에 다시 읽었더니 다르게
보이더라."
"아, 나 그거 들어봤어. 그런데 그게 뭐였더라."

"글이 너무 안 써진다."
"나도 출근하기 싫어."

사람들은 이야기를 좋아하지만 책을 통해 이야기를
경험하는 것은 좋아하지 않는다. 마음만 먹으면 읽기는
누구나 할 수 있는데 사람들은 그 마음을 먹고 싶어 하지

않는다. 마음을 먹었어도 금방 잠이 와 읽기 훈련이 안 된
이들은 깜짝 놀라고 만다. 읽기가 이렇게 힘들다니. 요즘
영화, 요즘 드라마, 요즘 웹툰에 대해서는 대화할 수 있는데
요즘 소설과 요즘 시에 대해서는 대화할 사람이 없다. 내가
읽은 것을 읽었고 내가 좋아하는 것을 함께 좋아해 주는
사람들은 모두 온라인에 있는 것 같다.

학교에서 학생들을 만나면 나는 작가가 되고 독자가 된다.
내가 문학애호가라는 것을 숨기지 않고 드러낼 수 있다.
좋아하는 책과 작가에 대해 마음껏 말할 수 있다. 문학적인
표현과 고민에 대해, 시적인 인상과 언어의 아름다움에
대해, 눈치 보지 않고 말할 수 있다. 그들은 내가 아는 것과
내가 가치 있다고 생각하는 것을 TMI라고 생각하지 않는다.
문학의 기쁨. 쓰기의 즐거움과 슬픔. 언어로 표현하고
싶어 하는 갈증과 갈망. 아무도 모르고 누구도 관심없지만
학생들은 알고 학생들은 관심을 갖는다. 그들은 내가
무엇인가를 알려 주고 지도해 줘야 하는 사람들이 아니다.
그들은 책을 좋아하는 정신과 취향의 공동체고 함께 글을
쓰고 그 가치를 믿는 동료들이다.
좋아서 하는 문학이 왜 이렇게 나를 어렵게 만드는지.
나는 문학을 좋아하지만 문학은 다른 사람만 좋아하는

것 같은 기분이 얼마나 짜증나는지. 각종 통계와 조사는 과거부터 현재까지(어쩌면 미래까지) 이 일의 무용함과 가난한 전망을 예고하는데, 그런데도 왜 이 일을 하고 이 삶을 살려고 하는지. 그래서 힘들지만 그 힘든 느낌이 또 좋은 기이한 사랑을 그 누가 알고 그 누가 이해해 줄까.

하지만 학생들은 안다. 그들은 내가 말하는 것을 이미 느끼고 있는 자들이니까. 내 말에 고개를 끄덕인다. 그들의 말을 듣고 내가 고개를 끄덕이듯이.

좋은 이야기, 끝내주는 문장을 읽어 마음이 부풀었다면 수업 시간에 학생들을 만나 수다를 떤다. 나로 인해 학생들도 무엇인가를 얻겠지만 사실 가장 많은 것을 얻고 받는 사람은 나 자신이다. 그들이 아니었다면 나는 섬처럼 고립된 사람이 됐을 것이다.

새로움은 어디에 깃들까

　어떻게 하면 새로운 소설을 쓸 수 있을까요?라는 질문을
받았다. 흔한 질문이지만 답하기는 쉽지 않았다. 그동안
비슷한 질문들을 종종 받았는데 그때그때 즉흥적으로
답했던 것 같다.
　책을 많이 읽어야 합니다. 새로운 시각과 신선한 시선을
가져야 합니다. 원형을 존중하고 전형을 미워해야 합니다.
다른 무엇보다 자기 자신의 욕망과 무의식을 살펴봐야
합니다. 등등.
　이번에는 어떻게 답했더라. 비슷하게 말했을 것이다.
정확하게 기억나지 않는 걸 보니.
　답은 그렇게 했지만 나는 지금도 그 답을 찾고 있다.
아마 많은 작가들이 모두 저 질문을 마음에 품고 있을

것이다. 답하기 어렵고 실천하고 실행하기는 더더욱 어려운 근본적인 이 질문은 답을 해야 하는 질문이라기보다 골똘히 고민하게 하는 그 자체로 의미가 있다. 그러니까 답을 알아서 새로운 소설을 쓰는 것이 아니라 답을 찾는 중에 혹은 질문에 시달리는 과정이 그 자체로 응답인 셈이다.

명가명비상명(名可名非常名)

무엇인가에 이름이 부여되면 그것은 더 이상 그 이름으로 설명될 수가 없을 뿐만 아니라 그 이름과 어울리지도 않게 된다. 노자의 『도덕경』 첫 구절에 적힌 이 문장은 도대체 무슨 뜻일까? 새로운 소설을 쓰고 싶은 당신과 나는 한 번쯤 고민해 봐야 한다.

소설은 어떻게 만들어질까? 생각은 어디에서 오는 걸까? 오래전부터 내 안에 숨어 있던 것일까? 어딘가에서 날아와 내 안으로 들어온 풀씨 같은 것일까? 소설을 쓴다는 것은 생각을 쓰는 것일까? 아니면 쓰인 것이 생각이 되는 것일까? 새로움은 쓰기 이전에 존재하는 걸까? 아니면 쓰는 과정 속에서 새로워지는 걸까? 쓰기의 과정을 단순하게 살펴보면 다음과 같다.

1 발상: 무엇인가 소설로 쓰고 싶은 것이 작가에게 생겼다. 혹은 찾아왔다.

2 구상: 그 생각과 소재를 머릿속에서 굴려 본다.

3 구성: 구상한 것을 실제로 구성해 본다.

4 쓰기: 구성한 이야기를 소설의 형식과 언어로 바꾸며 소설을 쓴다.

5 고쳐 쓰기: 완성되었다고 착각한 소설을 진짜로 완성하기 위해 몇 번이고 고친다.

새로움은 어디에 깃드는 것일까?

1번이다. 씨앗과 소재가 새로워야 이야기도 새로워지는 법이니까.

2번이다. 발상과 소재는 다 거기서 거기 아닌가? 그것을 이전에 없던 방식으로 발전시키고 키워 나가야 새로워지는 것이다.

3번이다. 생각만 하면 뭐 하나. 구체적으로 구성될 때 플롯도 구조도 만들어지는 법이다. 어떻게 배열될 것인가. 그것은 비슷한 다른 이야기와 어떻게 다른가. 새로움은 바로 여기에 깃들게 된다.

4번이다. 그래 봐야 결국 소설 이전의 스토리일 뿐이다. 그것은 영화도 될 수 있고 웹툰이 될 수도 있기 때문이다.

소설의 새로움은 이야기가 소설의 언어와 형식을 입고
만들어질 때 발생하는 법이다.

　5번이다. 그만하자. 아무튼 소설에 대한 의견과 이론은
내키는 대로 마음대로 만들어 내고 주장할 수 있으니까.

　처음으로 돌아가 생각의 단계, 아니 느낌과 감각의 단계를
되짚어 보자. 작가는 무엇인가를 발견했다. 혹은 무엇인가가
작가를 발견했다. 작가는 자신도 모르게 그것을 응시하고
있고 흥미롭게 듣고 있다. 착상이라고도, 영감이라고도,
모티프라고도 할 수 있는 최초의 어떤 자극. 작가는 이것을
언어로 남긴다. 종이에 메모하거나 낙서를 한다. 녹음을
하거나 스케치를 할 수도 있다. 여기서 스톱. 처음으로
정체불명의 그것에 언어를 부여하는 그 순간에서 스톱.
최초의 이름. 첫 단어. 처음으로 남겨진 희미한 윤곽선.
그것은 새로울까? 새로움을 발견했어! 그것이 새롭지
않더라도 내게는 그것이 새롭게 느껴졌어!

　그것은 맞다. 틀림없는 사실이다. 거기엔 정말 새로움이
있다. 그런데 그것을 포착하는 과정 중에 새로움이 손상되고
오염될 수 있다. 공기 같고 물 같고 소리 같고 색채 같고
때로는 열기와 냉기, 빛과 그림자 같은 것으로 느껴지고
감각된 무엇. 하지만 새로운 그것을 언어라는 좁고 답답한

케이지에 집어넣을 때, 형상이 정해진 그릇과 바구니에 옮겨
담을 때, 이름을 붙이고 대략적인 문장으로 그것을 요약하고
정리했을 때, 새로움은 더 이상 새롭지 않게 된다. '언어'라는
형식. '나'라는 언어. 그 관습과 양식에 맞게 구겨져 포획되게
된다. 집에 들어와 설레는 마음으로 그것을 언어 밖으로
꺼냈을때 그것은 더 이상 그 감각이 아니다. 그 느낌이 아닌
것이다. 더 이상 새롭게 보이지 않고 느껴지지 않고 뻔하고
상투적으로 보였다면, 그래서 실망한 얼굴로 에이 별거
아니었네, 중얼거렸다면, 별것도 아닌 것으로 설레기까지
한 자기 자신이 한심하게 느껴졌다면, 한 번쯤 생각해 봐야
한다. 별거 아닌 것은 그것이 아니라 어쩌면 그것을 옮겨
담았던 작가의 언어였을지도 모른다.

일생 본 하늘 중 가장 멋진 오늘의 하늘을 "오늘의 멋진
하늘"로 옮겨 적고 눈이 멀 정도로 아름다운 그 얼굴을
"아름다운 얼굴"로 메모했다면 분명 목격했던 그 하늘과 그
얼굴은 사라지고 만다. 빼빼 마른 단어로 싱겁게 설명하고
묘사한, 특별하지 않은 작가의 언어만 남아 있을 뿐이다.

아무튼 그것을 발견했다면, 무엇인가 느껴졌다면, 섣불리
그것에 이름을 부여하지 말고 이름을 물어보자. 이름이
없다면 없는 이름을 고민하지 말고 있는 모습 그대로, 느껴진
감각 그대로, 표현해 보려 애를 쓰자. 언어로 포획하지 말고

단어로 꽁꽁 묶지 말고 그의 손을 잡고 함께 집에 가자. 내
방과 내 침대, 내 밤과 내 꿈, 일상과 환상으로 초대하자.
새로움은 그렇게 나와 함께 있는 것. 그것이 무엇인지 모른
채로. 무슨 사연인지 모른 채로. 누가 작가인지 모른 채로.

　카프카는 말했다. 사람들은 자신의 집에 무엇이 있는지도
모른다고. 집은 시간을 제한된 면적에 차곡차곡 쌓은
퇴적층이다. 그 좁고 작은 세계에 모든 것이 있다. 하지만
이상하게도 우리는 그곳에 무엇이 있는지 모른다. 어디에
뒀는지 깜빡하고, 찾고 있던 물건이 왜 엉뚱한 곳에서
나오는지 의문을 품는다. 곧잘 헷갈리고 스스로를 오해한다.
잊거나 잃어버린 물건들. 침대 밑, 책장 뒤, 책과 책 사이,
서랍, 찬장, 신발장, 창고, 온갖 박스. 떠올려지길 기다리는
옛날들. 우리는 자기의 기억에 무엇이 있는지 모른다. 기억의
주체는 자신이고 기억의 저장소 역시 자신이다. 하지만
기억은 압축되어 있고, 생략되어 있으며, 오염되어 있고,
왜곡되어 있으며, 유실되거나 망각된 상태다. 무의식의
심연에 영원히 가라앉은 기억도 있고, 잡동사니 같은
머릿속에 방치된 기억도 있다.
　소설은 실제로 일어난 일을 기록하는 일기가 아니다.
사건을 충실히 기록하는 역사도 아니며 사건을 보도하는

뉴스도 아니다. 하지만 소설에는 작가가 겪은 크고 작은 사건과 경험이 들어간다. 뿐만 아니라 작가가 알고 있는 지식과 정보도 소설 곳곳에 포함된다. 소재를 찾고 있는가? 멀리 갈 곳도 없이 자신을 들여다보자. 웅덩이 속에 움직이는 것이 있는지 유심히 바라보는 어린아이처럼. 어떤 기억 하나를 건져 올리면 관련된 수많은 것들이 줄줄이 딸려 온다. 거기엔 지난 시간의 감정, 그때의 분위기 등도 포함되어 있다. 기억나서 쓸 수 있는 것도 있지만 쓰다 보면 기억이 떠오르기도 한다. 기억나면 쓸 수 있다고 생각하지만 기억하기 위해서라도 쓸 필요가 있다. 작은 붓으로 신중하게 땅을 파고 흙을 털어내 파묻힌 옛날 물건을 바깥으로 꺼내는 고고학자처럼 한 문장씩 한 문장씩.

우리는 자신의 감정을 모른다. 안다고 생각하겠지만 다 알지 못한다. 부분만 알고 그것마저 부정확해 스스로도 확신하지 못한다. 느낌이 충분하기에 인식도 충분할 것이라고 믿는 것뿐이다. 감정의 이름도 정확히 모르고 감정이 몇 개인지도 모른다. 하나인지 둘인지, 셋인지 넷인지 헤아리다 보면 미궁에 빠지고 만다. 무엇 때문에 이렇게 슬픈 걸까, 왜 이렇게 불안하지?, 기분이 너무 좋아. 제어가 안 되네, 왜 이 감정에서는 헤어나올 수 없을까, 영원할 것 같던 그 감정은 언제 어떻게 사라져 버린 걸까…….

감정을 정확하게 파악하기란 무척 힘들다. 파악하지
말고 헤아리지 말고 한 문장씩 써 보자. 수학 공식을 몰라도
수학 문제를 풀 수 있다. 시간이 오래 걸리거나 보기에 따라
우스꽝스러워 보이겠지만 하나씩 그림을 그려 보면 된다.
하루에 사과를 세 개씩 먹는 영호가 60일동안 과연 몇 개의
사과를 먹게 될까?라는 문제를 '$3 \times 60 = 180$'의 방식으로
해결하는 사람도 있지만 곱셈을 모른다면 사과를 3개씩
60번을 그린 후 그것을 하나씩 셈해도 된다. 방을 청소하든
책상을 정리하든 이사를 하든 결국엔 하나씩 정리하는
수밖에 없다. 글이란 얼마나 정직한가. 문장을 겹쳐 쓸 수도
없고 단어를 동시에 쓸 수도 없다. 한 장씩 뒤집어 서로에게
의미를 만들어 내는 카드처럼 기억 하나. 느낌 하나. 감정
하나. 이 단어. 저 단어. 쓰는 과정은 글을 쓰는 사람이 할 수
있는 가장 안전하고 정확한 자료 조사다.

백지를 마주하고 있으면…… 안다. 그 마음. 멍하고 자신
없고 막막하겠지. 뭘 쓸 수 있을지 뭘 알고 있는지 몰라
아무것도 쓸 수 없을 것 같은 그 바보 같은 마음. 하지만
한 문장 한 문단 하나씩 써 내려가다 보면 어느새 감정은
표현되고 표현된 감정의 도움으로 그것과 연루되어 있는

사건과 사람들이 하나씩 기억나게 된다. 자신에 대한 의미
없는 낙서 같은 글쓰기는 깊은 샘을 끌어올리는 한 바가지의
마중물 같은 것이다. 아닐 것 같지만, 땅 밑에 물 같은 것은
없을 것 같겠지만, 모를 일이다. 혹시 모르니 물통은 큰
것으로 준비하면 좋겠지.

소설 속 인물들처럼 용감하게

— 켄트 하루프, 『밤에 우리 영혼은』을 읽고

Our Souls at Night. 밤에 우리 영혼은. 가끔 제목만 보고도 읽고 싶은 소설이 있다. 읽고 싶은 느낌 한가운데 '이건 좋은 소설일 거야.' 확신에 가까운 예감이 드는 소설이 있다. 물론 나는 그런 감이 뛰어나지 않고 대부분 잘못된 판단을 내린다. 하지만 이 소설은 예감이 적중했다. 제목도 좋았고, 소설에 대한 예감과 예상도 좋았고, 읽어 가는 내내 좋았고, 다 읽고 나서도 좋았고, 소설에 대한 독후감을 말하는 지금 이 순간도 좋다.

애디 무어가 오랜 이웃인 루이스 워터스의 집을 방문해 현관을 두드린다. 문 앞에 마주 선 두 명의 노인. 그들은 배우자를 잃고 홀로 살고 있었다. 애디 무어가 담담하게

말한다. "들어가 얘기 좀 해도 되겠어요?" 루이스는 애디
무어를 집 안으로 들인다. 둘은 마주 앉아 차분하게 대화를
시작한다. 정말 차분했다. 집 안을 묘사하는 시선도 상황을
진술하는 문장도 정적이고 고요했으니까. 그런데 둘의
대화를 읽고 놀라고 말았다.

> 가끔 나하고 자러 우리 집에 올 생각이 있는지 궁금해요.
> 뭐라고요? 무슨 뜻인지?
> 우리 둘 다 혼자잖아요. 혼자 된 지도 너무 오래됐어요.
> 벌써 몇 년째예요. 난 외로워요. 당신도 그러지 않을까 싶고요.
> 그래서 밤에 나를 찾아와 함께 자 줄 수 있을까 하는 거죠.
> 이야기도 하고요.[12]

애디 무어는 수줍지만 담담하게 말했고 루이스는
호기심과 경계심이 섞인 눈빛으로 그의 말을 듣고 있다.
여기까지가 소설의 도입이다. 이 소설을 읽었을때 나는
육성으로 헐, 소리를 내며 의자를 책상 쪽으로 당기고 자세를
고쳐 앉았다. 첫 장면이 이렇게 설레기는 오랜만이었다.
　이상하다. 오래 산 자들은 특별한 양념과 재료 없이 그

12　켄트 하루프 저, 김재성 역, 『밤에 우리 영혼은』(뮤진트리, 2016), 9쪽.

어떤 장식이나 새로움 없이 맛있는 요리를 만들어 낸다. 어찌 이렇게 맛있는 맛을 냈냐, 물으면 깊고 흐린 눈을 깜박이며 그러냐, 하고 마는 노인들. 이 소설이 딱 그랬다. 심심하고 맑은데 끝내주게 맛있는 연애소설이었다. 뜨거운 감정과 정서가 쏙쏙 스며 있는데도 자극적이지 않은 담담한 문장이 빛이 났다. 나는 이 책을 읽고 몇 명에게 독후감을 말했는데 대충 요약하자면 다음과 같다.

"나는 어쩌면 이런 소설을 쓰고 싶었는지도 몰라. 언젠가 어떤 날에 반드시 이런 근사한 연애소설을 쓸 거야."

갑자기 궁금하네. 밤에 내 영혼은 어디를 가고 누구를 만나는 걸까. 갑자기 몹시 궁금하네. 그리하여 밤에 우리 영혼은 무엇을 하고, 무엇을 경험하고, 그래서 무엇을 느끼는 걸까.

덧.

'소설이니까 그렇지. 현실에서 이런 게 가능할 리 있겠어?' 그렇게 생각한다면 한번 생각해 보자. 정말 그럴까? 현실에서는 이런 일이 불가능하고 가능해서도 안 되는 걸까?

아니. 아닐 거다. 소설이 아무리 극악과 극단과 허무맹랑을 상상해도 언제나 현실은 그것을 능가한 일을 벌인다. 소설보다 더한 이야기가 버젓이 존재한다.

'세상에 이런 일이'라는 탄식이 절로 드는 삶의 에피소드. 소설은 현실을 따라잡을 수 없다. 소설이었다면 절대로 그냥 쓸 수 없는(써서도 안 되는) 장면. 말도 안 되는 상황. 어처구니 없는 전개. 개떡 같은 개연성. 그런데 현실은 그냥 일어난다. 스스로 해명하거나 설명할 필요도 없다. 실제로 일어났으니까. 개연성과 필연성을 따질 수도 따질 필요도 없는 것이다. 모두 다 느끼고, 모두 다 알고 있고, 모두 다 하고 있고, 모두 다 생각만 하고 있지만 아무도 말하지 않는 이야기가 있다. 그것은 소설에 있는 것이 아니라 현실에 있다. 그런데 우리들은 그 삶을 소설 같은 일이라고 돌려 말하고 있는 것이다. 위선이라고 해야 할지. 뻔뻔하다고 해야 할지. 생각만으로는 가능하지만, 이야기에서 일어난다면 너무도 즐겁게 받아들이겠지만, 막상 현실에서는 그럴 수 없다. 그래서는 안 된다, 괜히 고개 돌리는 이야기(욕망과 욕구)가 있다. 나쁜 일도 아니고, 누구도 상처 주지 않고, 비윤리적이도 않지만 세상에서 가장 놀림당하고 조롱받는 일과 이야기.

때로는 현실이 이야기의 허구성과 과감함을 배워도 되지 않을까. 때로는 현실의 인물들이 소설의 인물처럼 용감해져도 되지 않을까. 솔직하고 정직하게. 눈치 보지 말고 떳떳하게.

4부

뜨겁게 좋아하는 마음으로

인터넷 없던 그 방

　문예창작과 대학원에 가기로 결심했다. 잘 다니고
있던 직장도 그만뒀다. 소설 쓰기를 전공으로 삼아
읽기와 쓰기로만 가득 채우게 될 2년의 시간. 큰 결심
큰 결단이었으므로 그에 걸맞는 삶의 변화가 필요했다.
무엇보다 나는 읽기와 쓰기의 경험이 절대적으로 부족했다.
유명하다는데 대단하다는데 모르는 작가는 왜 이렇게 많고
아직도 3인칭은 어떻게 쓰는지 모르겠고 써도 써도 시제는
헷갈렸다.

　아무튼 나는 읽기와 쓰기의 양을 늘려야 했고 그러기
위해서는 시간이 필요했다. 시간은 충분하다. 모두에게
공평하게 주어진다. 그런데 내 시간은 왜 이렇게 없는 걸까.
읽기와 쓰기의 시간은 왜 늘 부족하기만 할까. 정직하게 내

시간을 살펴봤다. 결론은 다음과 같다.

나는 읽고 있지만 읽기를 하지 않고 쓰고 있지만 쓰기를 하지 않는다.

그러니까 이런 식이다. 소설을 읽기 위해 책상에 앉는다. 원활한 독서를 위해 인터넷으로 작가의 이름을 검색하고 그의 삶과 이력을 살펴본다. 그렇게 멍하게 두 시간 동안 그 세계를 헤매다가 문득 정신을 차려 보면 나는 보지도 않던 드라마의 하이라이트 영상을 보고 있다.

소설을 쓰기 위해 책상에 앉는다. 깜박이는 커서를 바라보며 궁리를 한다. 뭘 쓸까. 어떻게 쓸까. 단어 몇 개 입력하고 삭제하고 문장 한두 줄 쓰고 다시 삭제한다. 음, 집중이 되지 않는군. 집중을 도와줄 음악이 필요해. 음악을 검색한다. 지금 이 순간에 어울리는 음악. 지금 쓰려는 이 소설에 딱 맞는 사운드. 그렇게 멍하게 한 시간 동안 음악만 듣고 있는 것이다.

하지만 머리는 이 모든 시간을 읽기와 쓰기의 시간으로 처리하고 있었다. 나는 오후 내내 책상에 앉아 읽고 썼는데 이상하게 읽은 것이 없고 쓴 것이 없는 시적인 경험을 하게 된다. 그리고 이 현상을 이렇게 해석한다.

'나는 재능이 없어. 역시 문학은 나 같은 사람이 하는 게

아니었어.'

　학교 근처에 저렴한 고시원을 얻었다. 인터넷 선을
사용하면 만 원이 추가 된다고 했다. 인터넷은 필요없다고
했다. 문제는 무선 인터넷이었다. 원하지 않지만 강제로
연결되는, 연결하고 싶지 않지만 언젠가 연결을 하게 될
와이파이. 넷북을 들고 빈 방 몇 개를 돌아다니며 무선이
잡히는지 안 잡히는지 일일이 실험했다.(지금이야 대부분
암호가 걸려 있지만 당시에는 암호가 걸려 있지 않은 선한 이웃
같은 무선이 많던 시절이었다.) 4층 옥상의 작고 좁은 방. 거기엔
그 어떤 신호도 잡히질 않았다. 나는 그 방을 계약했고
거기에서 2년 동안 살았다.
　그 방은 박민규 작가의 단편소설 「갑을고시원 체류기」에
나오는 방과 흡사했다. 관처럼 좁고 긴 방이었고 책상을
제외한 어떤 가구도 없었다. 티브이와 인터넷이 없는 방에
있으면 시간이 느리게 흐른다. 어깨가 결리고 눈이 뻐근해질
때까지 소설을 읽어도 겨우 한 시간. 너무 소설을 열심히
써서 이러다 정신병 걸리는 거 아니야, 라는 위기의식에
시간을 확인하면 겨우 두 시간. 정말이다. 지금 이 글을
읽고 있는 이들이 인터넷 없이 그 어떤 미디어 없이 읽거나
쓰기에만 시간을 쓴다면 시간은 놀랍도록 느리게 흐를

것이다. 때문에 시간이 많아지는 마법에 걸리게 된다.

소설을 썼다. 소설이 안 써지면 남의 소설을 읽었다. 소설이 안 읽히면 시나 산문을 읽었다. 읽기든 쓰기든 아무것도 안 되면 그냥 잤다. 그리고 일어나면 다시 소설 쓰기를 시도했다. 그걸 계속 반복했다.

돌이켜 보면 그 시절은 에스프레소 같은 시간이었던 것 같다. 적은 양이라도 몇 잔의 커피를 만들어 낼 수 있는 밀도 있고 순도 높은 2년이었다. 그때 읽은 것들과 쓴 것들의 도움으로 지금도 사는 것 같다. 그게 가능했던 것은 나의 열정도 재능도 아닌 순전히 인터넷이 없는 방에 살았기 때문이다. 인터넷을 하지 않아서, 아니 인터넷을 할 수 없어서 가능했다.

처음에는 인터넷을 극복하려고 애를 썼다. 그것과 싸워서 이기려고 노력했다. 하지만 극복하거나 싸우기 힘들면 피하는 것도 방법이다. 바나나를 책상에 놓고 안 먹는 노력보다 바나나가 없는 책상에 앉아 있는 것이 훨씬 좋다.

지금은 인터넷을 피할 방법도 피할 장소도 없다. 그리고 그렇게까지 애를 써 가며 살고 싶지도 않다. 그래서 노력해 가며 절제해 가며 인터넷의 도움을 받고(방해를 받고) 읽기와 쓰기를 하고 있다. 그러면서도 한 편으로는 그 시절처럼 살아

보고 싶다.

다시는 그럴 수 없겠지. 산에 들어가고 섬에 들어가도 핸드폰은 손에 쥐어져 있을 테니까. 위대한 천재가 등장해서 이 세계의 인터넷을 한 계절만 마비시켜 주면 얼마나 좋을까. 인터넷의 도움으로 쉽게 처리할 수 있는 일이 많다는 것 안다. 그런데 그런 거 없는 불편함과 짜증을 느끼고 싶다. 가끔은 외롭고 싶은데, 끝까지 외롭고 싶은데, 인터넷이 있어서 금방 검색을 하고 영상을 보고 남들 사는 풍경 염탐한다. 인터넷에 둘러싸여 있으면서 엄청난 의지로 정해진 시간 동안 그것과 단절하며 자기 할 일 딱딱 하는 사람들 엄청 존경하고 있다. 나도 그런 사람이 되려고 해마다 결심한다. 그리고 그 결심을 슬며시 취소하지.

고속버스와 기차와 지하철에서 읽고 쓰기

당연한 말이지만(어떤 작가에게는 당연한 말이 아니겠지만) 소설은 생활을 책임져 주지 않는다. 일일이 계산하고 슬픈 통계를 언급하고 싶지 않지만 아무리 열심히 소설을 써도 소설만 써서 생계를 이어 나가는 건 매우 어려운 일이다.

내 인생에서 가장 열심히 소설을 썼던 시기는 첫 번째 소설집을 묶기 전 2010년이었다. 계절마다 단편을 발표했다. 그러니까 1년에 네 편 혹은 다섯 편의 단편소설을 쓴 셈이다. 그게 뭐 어렵나, 싶겠지만 소설을 빨리 써 내지 못하는 나로서는 1년 내내 소설만 썼다. 그때의 난 직업도 없고 아이도 없었다. 산문도 쓰지 않고 강의도 한 적 없다.(연락이 왔으면 했을 텐데.) 그러니까 그 해에는 오직 소설만 쓰며 살았던 거다. 그때는 별 생각이 없었는데 지금 생각해 보면 너무 좋았던 1년이었다. 앞으로도 그렇게 소설만 쓰고 생각한 날은 없을 테니까.

열심히 산 것과 별개로 나는 소득이 거의 없었다. 대출 상담을 받은 적이 있다. 월세가 부담되어 빚을 져서라도 전세를 얻어야겠다고 생각했다. 그땐 몰랐다. 벌이가 없으면 대출이 안 된다는 것을. (벌이가 없고 돈이 없어 대출을 하려는 것인데 벌이가 없고 돈이 없으니 대출이 안 된다는 것이 지금도 이해는 안 된다.) 대출 담당 직원은 연간 소득을 증빙할 서류를 떼 오라고 했다. 연간 소득만큼 대출을 해 주겠다 했고 소득을 보고 액수가 정해지는데 최소 천만 원 정도는 해 줄 수 있을 것 같다고 했다. 난생 처음으로 세무서에 갔고 연간 소득을 확인해 봤다. 410만원이었다. 소설가로 가장 열심히 소설을 썼던 시절 소설이 내게 준 돈은 계절마다 100만원 남짓이었다. 대출은 받지 못했다.

몇 해 뒤 아이가 태어났다. 이제는 아이를 키울 수 있는 열심을 내야 했다. 때마침 대학에서 소설 창작 강의 제안이 왔다. 만약 소설이 내 생활을 안정적으로 보장해 줬다면 나는 절대로 강의를 하지 않았을 것이다.

말하는 일. 사람들 앞에서 말하는 일. 세상에서 가장 자신 없는 일 중 하나다. 피할 수 있다면 평생 동안 피해 왔던 상황인데 그것을 일로 해야 하다니. 막막하고 답답했다.

하지만 용기를 냈다.

처음에는 노트에 모든 멘트를 적고 거의 외울 정도로 읽고 또 읽고 수업에 들어갔다. 그래서 수업 전날에는 거의 잠도 못 잤다. 다른 학교에서도 강의가 들어왔다. 또 다른 학교에서도 강의가 들어왔다. 강의를 하기 위해 서울에 가고 광주에 가고 전주도 가고 안산도 갔다. 고속버스를 탔고 기차를 탔고 지하철을 탔고 시내버스를 탔다. 지금 생각하면 어떻게 그럴 수 있었을까, 싶을 정도로 그 시절에는 일주일 내내 이동하고 강의하고 이동하고 강의했다.

문제가 생겼다. 더 이상 읽을 시간도 쓸 시간도 없었던 것이다. 이런 딜레마가 있나. 소설을 써야 했고 생활을 할 돈이 필요했다. 소설을 쓰려니 생활이 막막했고 생활을 하려니 소설 쓸 시간이 없었다. 잠을 줄이고 또 줄여도 소설은 써지지 않았다. 너무 피곤해서 단순한 문장 한 줄 쓸 수 없었다. 눈은 뜨고 있지만 뇌는 잠들어 있는 날들. 방법을 찾아보려 애를 썼지만 뾰족한 방법은 없었다. 틈날 때마다 읽고 시간이 비면 쓰는 수밖에.

고속버스에서의 세 시간 반. 기차에서의 세 시간. 지하철에서 한 시간.(자리를 잡는다는 전제 하에.) 그 시간을 이용하는 수밖에 없었다. 버스에서 소설을 읽거나 초고를 썼다. 기차에서는 인쇄한 원고를 읽으며 퇴고를 했다.
지하철에서는 단편이나 시집을 읽기에 좋다. 집중이 안 되면
영화를 봤다. 처음엔 어지럽고 속이 울렁거리고 두통이
생기고 눈이 감겼지만 한 학기 두 학기 1년 2년 반복하다 보니
익숙해졌다. 잘 써졌고 잘 읽혔다. 나중에는 카페나 조용한
책상에 앉아 있을 때보다 읽기와 쓰기가 잘 되는 지경에
이르렀다.

　돌이켜 보면 나로서는 어쩔 수 없었지만 그 시절엔 소설에
온전히 집중할 수 없었다. 토막 난 시간을 겨우 이어 붙여
쓸 시간과 읽을 시간을 마련해야 했다. 순도 높은 양질의
시간. 더 집중할 수 있는 환경을 만들어 줘야 했는데 나는
너무 분주했다. 괜히 소설에게 미안하고 또 미안하다.
후회되고 괜히 아쉬운 날들. 어리석은 가정법. 내가 나를
조금 덜 바쁘게 사용했다면, 먹고 사는 문제를 조금 내려놓을
수 있었다면, 여기저기 돌아다니지 않았다면, 내 글이 더
좋아지지 않았을까. 그러나 인생에 만약은 없다. 돌아가도
나는 그렇게 살았을 거다.

　좋아하면 어떻게든 그 곁을 서성이게 된다. 애착이
있다면 무슨 수를 써서라도 그것을 움켜쥐려고 한다. 이성은
내 마음과 열망을 돕지 않는다. 이성은 글을 쓰지 못하는

이유를 알려 주고 때문에 글을 쓰지 못하는 것을 합리적으로 받아들이게 한다. 어쩔 수 없다. 그럴 수밖에 없다. 너는 최선을 다했다. 그렇게까지 할 필요가 뭐 있냐. 그동안 애썼다. 아무래도 내 머리는 내가 글을 쓰며 시달리고 스트레스 받고 축 처져 있는 것이 마음에 들지 않는 것 같다. 마음 편하게 많이 자고 푹 자고 긴장 없이 편하게 지내길 원하는 것 같다.

글을 쓰면 안 되는 이유는 너무너무 많은데 글을 써야 하는 이유를 찾는 것은 언제나 쉽지 않았다. 그러니까 글쓰기에 대한 고민은 별로 도움이 안 된다. 방해만 될 뿐이다. 마음이 있다면 그것에 사랑이 있다면 읽거나 쓸 것이다. 어떻게든 읽기를 향해 쓰기를 향해 나아가려고 애를 쓸 것이다.

그러니까 너무 많이 고민하지 말자. 똑똑한 이성과 논리에 내 마음을 맡기지 말자. 상황이 어렵다. 시간이 없다. 재능이 없다. 반응이 안 좋다. 전망이 어둡다. 끊임없이 말하는 똑똑한 머리는 내 마음을 잘 모르거나 모르고 싶어 할 테니.

어느 새해 다짐

새해가 됐고 지금 시각은 1월 1일 새벽 4시다. 마음이 싱숭생숭하여 잠이 오지 않는다. 피곤한데 잠들고 싶지 않다. 작년과 올해를 동시에 느낄 수 있는 이 날을 조금 더 많이 느끼고 싶다. 딱히 할 일도 없고 급한 일도 없고 하고 싶은 것도 없다. 그래서 생각을 하기로 한다.

새벽에 가장 하기 좋은 일은 무엇을 쓸까, 생각하는 것이다. 새벽에 가장 하기 싫은 일은 무엇을 써야 하는데 왜 안 써질까, 생각하는 것이다. 그런데 새해부터 그런 생각은 그만두고, 지금 쓰고 있는 소설 생각은 잠깐 멈추고, 앞으로의 글쓰기에 대해 막연하게라도 생각해 보기로 했다. 나는 뭘 써야 할까. 어떻게 써야 할까. 얼마나 쓸 수 있을까. 음……. 쓸 수나 있을까.

평소였다면 못난이 같은 생각에 빠져들어 새벽 내내
어둡고 슬픈 전망 속에서 허우적대다가 겨우 잠들었을 텐데
이번에는 다른 종류의 생각을 했다. 다행이라는 생각. 정말
좋다는 생각. 언어로 창작을 한다는 것이 얼마나 좋은가.
깊고 어두운 것을 관찰하고 응시하는 일이 두렵고 피곤할
때도 있지만 내 생각은 수평선과 지평선을 넘고 하늘을 달려
우주까지 이를 수 있다. 꿈과 환상, 과거와 옛날, 미래까지
마음대로 왔다 갔다 할 수 있다. 언젠가 어떤 소설에서 썼다.

오늘은 좋은 날입니다, 라고 쓰면 좋은 날이 됩니다.
나쁘지 않은 밤이다, 라고 쓰면 나쁘지 않은 밤이 되는 것처럼.
이건 말장난이 아니라 언어가 존재와 형상을 만들어 내는
형식이에요. 그것은 신의 방식이고 또한 내 삶의 방식입니다.[13]

소설은 쓰면 된다. 쓰면 배경이 되고, 쓰면 삶이 되고, 쓰면
날이 되고, 달이 된다. 즐겁게 쓰면 즐거워질 것이고 어둡게
쓰면 어두워지겠지. 잘 쓰려고 애를 쓰면 잘 써질 것이고
근사하게 쓰려고 노력하면 근사하게 써질 거다. 쓰고 싶은
대로 쓰면 그렇게 된다. 소설은. 문장은. 언어는.

13　정용준, 「이국의 소년」, 『우리는 혈육이 아니냐』(문학동네, 2015), 131쪽.

소설 쓰기가 별건가. 진지하게 굴지 말자. 무거운 장면을 쓰더라도 무겁게 쓰지 말자. 어두운 장면을 쓰더라도 밝게 쓰자. 아무 말이나 막 하고 아무 문장이나 막 던지자. 가고 싶으면 가고 막혀 있다면 '문'이라고 쓰고 열고 가자. 밀고 가자. 산을 넘고 싶으면 '산을 넘었다.'라고 쓰면 될 일 아닌가. 죽기 싫으면 '죽지 않았다.'라고 쓰면 된다. 마음껏 사랑하고 죽을 만큼 사랑하다가 소설에서는 진짜로 죽어 버리자. 그리고 이 소설을 끝내고 다음 소설의 첫 페이지에 뻔뻔하고 근사하게 짠, 하고 나타나자. 밝게 밝게. 가볍고 가볍게. 올해는 그렇게 써 보자.

한때는 많은 이들이 그러하듯 새로운 마음으로 새 노트를 펼쳤다. 구 노트의 빈 종이가 남아 있지만 달력을 찢는 마음으로 과감하게 정리하고 새 노트 앞에 앉았다. 아무것도 없는 깨끗한 페이지에 하나씩 계획과 다짐을 써넣는 건 1월 1일에 어울리는 낭만적인 기쁨이지만 언젠가부터 그렇게 하지 않는다. 쓰던 노트의 다음 장을 넘겨 '1월이 됐다.'라고 단순히 쓰고 만다. 드디어 끝났다는 정리. 이제 시작이라는 출발. 약간의 설렘. 정화되는 것 같은 느낌적인 느낌. 그런 것들 다 좋지만 감정의 낙차가 크고 퍼포먼스는 허무하다. 나는 더는 나를 자극하고 싶지 않다.

계획을 세우는 것이 두렵다. 새 마음을 갖는 것이 주저된다. 못했던 것들. 실패했던 것들. 목록을 적고 다시 한 번 해 보자, 다짐하는 것이 스스로에게 민망하다. 다시 실패하고 그래서 다시 실망할까 봐 무서운 것이다.

'애를 써도 에너지가 줄어들 것이 뻔해. 그러다 여기도 저기도 아닌 어정쩡한 곳에 멈춰 서겠지. 차라리 출발을 하지 말자.'

이번에는 다르다. 다르고 싶다. 새 노트를 펼쳤다. 첫 페이지를 물끄러미 바라보다가 계획의 문장을 썼다. 지웠다. 수정해서 다시 썼다. 지우고 또 지웠다. 그리고 생각해 본다.

소설을 쓰자.

열심히 쓰자.

쓰자.

…….

(다시 쓸 수 있을까?)

써야 할 때. 특히 새로운 글을 시작해야 할 때. 그때가 가장 어렵다. 그냥 모르겠다는 생각만 든다. 그동안 무엇인가 썼던 경험은 도움이 되지 않는다. 어떻게 썼는지조차 모르겠다. 쓸 수 있을까? 좋은 생각이 날까? 생각이 나도 그것을 문장으로 옮길 수 있을까? 그런 능력이 내게 있을까? 희망을

품는 순간 좌절의 경험이 팔목을 붙잡는다. 쓰면 어떻게든
써지는 거 안다. 이제까지 그렇게 써 왔다. 하지만 다시
쓸 수 없을 것 같은 못난이 같은 마음이 강철 기둥처럼 꽉
박혀 있다. 희망을 품는 게 두렵다. 실망하고 낙담하는 것.
그래서 시무룩해지는 것. 주눅 드는 것. 결국 그렇게 될까 봐
망설여진다.

　　"아무것도 하지 않으면 아무 일도 일어나지 않는다."

　　널리 알려진 이 문장은 시작할 수 있는 용기를 주고
열정을 불어넣는 멘트로 사용되지만 낙심한 자에게는
다르게 들린다.

　　'아무것도 하지 않으면 아무 일도 일어나지 않는다고?
그거 정말 잘됐네. 차라리 아무것도 하지 말아야겠다.'

　　제우스는 화가 났다. 우매한 인간이 프로메테우스의
도움으로 현명해지고 발전하는 모습이 마음에 들지 않았던
것이다. '이걸 어쩌지. 어떻게 인간에게 복수를 해야 할까.'
제우스는 고민하다가 좋은 수를 생각해 낸다. 아름다운
인간을 만들어 선물이 가득 든 상자를 맡기자. 그렇게 탄생한

아름다운 인간. 판도라는 제우스의 선물이 든 상자를 들고 지상의 세계에 내려온다. 제우스는 말한다.

"절대로 상자를 열어 봐서는 안돼."

하지만 그는 알았다. 인간은 호기심이 많고 어리석은 선택을 하며 능력도 없으면서 헛된 꿈을 꾼다는 것을. 판도라는 긴 시간 상자를 열지 않았으나 금기보다 강한 호기심을 이기지 못해 상자를 열고 만다. 제우스의 복수가 시작된 것이다. 상자에는 재앙이 가득했다. 질병. 고통. 통증. 슬픔. 눈물. 시기. 질투. 우울. (아, 신의 방식을 보라. 재앙을 마련해 놓고 인간 스스로 재앙을 초래하도록 만들다니!) 상자 밑바닥에 가장 끔찍한 재앙이 도사리고 있었다. 그것의 이름은 '희망'.

"나약한 인간은 얻지 못할 것을 원하게 되리라. 사랑해서는 안 될 것을 사랑하게 되리라. 능력보다 큰 것을 꿈꾸며 감히 신처럼 높아지길 원하게 되리라. 절망하고 실패하게 되리라!"

희망. 그것은 좋은 것이다. 다들 그렇게 믿는다. 하지만 희망 때문에 '현실'과 '지금'은 불만족스럽다. 쥐고 있는 것은 작아지고, 누리고 있는 것은 누추해지며, 아름다움은 시시해진다. 자꾸 남의 삶을 꿈꾸고 여기 아닌 다른 곳으로 가고 싶다. 맞다. 그런데 제우스가 간과한 것이 있었다. 프로메테우스는 인간을 제우스가 생각한 것처럼 그저 나약하게만 만들지 않았다. 어리석고 우매한 상태를 운명으로 받아들이지 않는 존재로 만들었다.

인간은 늘 불평하고 만족을 모르는 동물이지만 방법을 찾고 더 나은 환경을 개척하는 존재이기도 하다. 모르지만 배운다. 실패했지만 포기하지 않는다. 현실에 없는 것을 상상하고 그 상상이 때론 현실이 되는 마법을 만들어 내기도 한다.

적기 시작했다. 늘 반복되는 것. 스스로 생각해도 어이가 없고 민망한 것. 불가능하다고 믿고 있는 것도 적었다. 프로메테우스가 인간에게 준 선물은 불이었다. 뿔도 없고 빠른 다리도 없고 날카로운 이빨도 없고 근력도 약한 인간이 생존하고 마을을 이루고 가장 강력한 생물로 거듭난 것은 바로 이 불 때문이다.

그 불은 인간의 마음속으로도 들어갔다. 그것은 빛도 열도 없이 마치 꺼진 숯처럼 은밀히 숨어 있다. 그러나 숨 쉴 때마다 희미하게 붉어진다. 꿈꿀 때 아무도 모르게 열기를 낸다. 그 수줍은 불이 사는 곳은 마음. 우리는 그것을 '열심'이라고 부른다.

소설 쓰기.

다시 소설 쓰기.

(열심히) 다시 소설 쓰기.

작년에 『내가 말하고 있잖아』를 출간하고
'책읽아웃'이라는 팟캐스트에 출연했다. 진행을 맡은 시인
오은이 자기 소개를 해 달라고 했을 때 나는 말했다.

"소설 쓰는 정용준입니다."

오은이 물었다.

"작가들은 꼭 그렇게 소개하네요. 시인은 시인이라고
하지 않고 시 쓰는 아무개입니다. 소설가는 소설 쓰는
아무개입니다. 이렇게 말하는 이유가 무엇일까요?"

잠시 생각에 잠겼다. 나도 같은 의문을 갖고 있었다.
작가들이 자신을 소개할 때 그런 방식으로 말하는 것이
이상했고 솔직히 별로였다. 지나친 저자세, 하지 않아도
될 겸양 같은 것이라고 생각했다. 사진을 찍을 때 정면을
바라보지 못하는 작가들 특유의 부끄럽고 소심한 기질
때문일지도 모른다고 생각했다. 그런데 나도 그렇게 소개
한다. 왜 그러는 걸까? 내 마음을 나도 잘 모르지만 겸손이나
겸양 같은 것은 아니었다.

"소설을 잘 써야 한다고 생각해서 그러는 것 같아요."

소설가라면 좋은 소설을 써야 하지 않을까? 도자기를

만들 때 어설픈 결과물을 허락하지 않고 망치를 집어드는 도공. 완성한 그림에 덧칠하고 또 덧칠하며 몇 번이고 다시 완성하는 화가. 그들처럼 소설가도 그냥 소설 말고 좋은 소설을 써야 하는 것 아닐까? 하지만 나는 겉만 그럴 듯한, 결국엔 망치를 맞아야 하는 소설을 쓰고 있는 것은 아닐까? 이 질문 앞에 자신이 없는 것이다.

하지만 '소설 쓰는 아무개'라는 설명이 '소설가'라는 설명보다 더 근사하고 때론 정확한 소개라고 생각될 때도 있다. 소설가는 소설을 쓰는 자다. 이것은 매 순간 쓰거나 혹은 쓰려는 어떤 상태로 증명될 수밖에 없다. 과거에 썼던 작품의 소설가라고 말할 수 있지만 지금 쓰지 않는다면 쓰려고 하지 않는다면 지금의 나를 소설가라고 말하기 어려울 것이다. 다른 사람들은 아니라고 하겠지만 적어도 나는 소설을 쓰지 않는(쓰지 못하는) 상태에서 소설가라고 나 자신을 떳떳하게 말하는 것에 약간 부끄러움을 느낀다.

그러나 나는 계속 소설을 썼고 앞으로도 소설을 쓸 것이다.

나는 더 이상 소설을 쓰는 것에 의미를 부여하거나 이유를 찾는 일을 하지 않으려 한다. 자신이 선택한 일을 다하기 위해 매일 출근하고 퇴근하는 것처럼, 무엇이 되기 위해 한 시절 준비하고 공부하는 자들이 매일 정해진 시간 책상 앞에 앉는 것처럼, 나는 그냥 소설을 쓰고 싶다.

당신은 누구십니까?
나는 소설을 쓰는 사람입니다.
당신은 무엇을 하십니까?
나는 소설을 씁니다.

심플하게 답하는 소설가가 되고 싶다.

아는 것과 익히는 것

기타를 잘 쳐 보고 싶은 목표가 생겼다. 코드 몇 개로
반주를 할 수는 있다. 하지만 더 잘 치고 싶다. 대단한
연주까지는 아니더라도 멜로디와 간단한 애드리브 정도는
할 수 있는 실력을 갖고 싶다. 유튜브를 아무리 보고 또
봐도 실력은 나아지지가 않았다. 고민 끝에 레슨을 받기로
결심했고 그 결심을 취소하기 전에 저렴하게 기타 레슨을 해
준다는 광고를 보고 무작정 전화를 걸었다. 선생님은 이제
막 입시를 끝내고 실용음악과에 입학한 스무 살 학생이었다.
그는 첫 시간에 내게 물었다.

"지금 기타 실력은 어느 정도이며 어느 단계까지 하고
싶으신 거죠?"

나는 횡설수설했다. 요약하면 코드 잡는 것 이상으로

멋지게 연주해 보고 싶다. 뭐 이런 말이었을 것이다. 그는
알겠다는 표정으로 고개를 끄덕였다.

"그러시려면 지판, 즉 계이름을 외우셔야 합니다. 어디가
C이고 E인지 아셔야 레슨을 진행할 수 있습니다."

나는 자신 있게 고개를 끄덕였다. 외우는 것이 뭐
어렵겠나 싶었던 것이다. 선생님은 지판을 누르며 시범을
보였고 나는 그것을 핸드폰으로 녹화를 했다.

"외워 오시면 다음 주부터 본격적으로 레슨을
시작하겠습니다."

본격적으로 시작하겠다. 그 말을 듣고 가슴이 뜨거워진
나는 자신 있게 답했다.

"네."

일주일 뒤 우리는 다시 만났다. 선생님은 말했다.

"한번 해 보시겠어요?"

긴장해서일까. 잘되던 것이 잘되지 않았다. 소리도
이상했고 몇 번이고 틀렸다. 연습할 때보다는 엉망이었지만
어쨌든 연습 결과를 보여 줬다. 선생님은 아무 반응을 보이지
않고 다시 해 보라고 했다. 다시 했다. 선생님은 의아한
얼굴로 물었다.

"왜 연습을 안 하셨어요?"

당황한 나는 변명하기 시작했다. 보시다시피 위치를
외웠다. 어디가 C이고 어디가 F인지 안다. 외워 왔으니
이제 선생인 당신이 능숙하게 칠 수 있도록 도와줘야 할 것
아닌가. 그렇게 말하지는 못했고 억울한 음성으로 나름대로
노력했다고 답했다. 선생님은 건조한 음성으로 다시 해
보자고 했다. 메트로놈에서 똑, 딱, 똑, 딱, 소리가 났다.
나는 박자에 질질 끌려가며 힘겹게 지판을 눌렀다. 나중엔
손가락에 경련이 일어났고 방금까지 외웠던 지판도 다
잊어버렸다. 손바닥에 흥건하게 땀이 났다.

"잠시만 쉬고 싶습니다."

선생님은 메트로놈을 껐다. 나는 나를 변호하고 싶었다.
한 번의 결과로 내 마음과 진심이 오해받는 것이 싫었다.
내가 내 발로 레슨을 받으러 왔잖아. 돈까지 내면서 이렇게
배우려고 하잖아. 나는 할 일이 많고 그래서 매우 바빠. 이번
주는 쓸 것도 많았고 말할 수 없는 복잡한 일도 많았어.
그럼에도 불구하고 시간을 쪼개서 연습을 한 거야. 나는
소심하게 말했다.

"외워 오라고 해서서 외우기만 했어요. 그걸 능숙하게
익혀야 한다고는 생각하지 못했습니다."

그렇게 말해 놓고 그렇게 생각했던 내가 너무 멍청해서
한숨이 나왔다. 선생님은 저번 주에 했던 것을 다시 보여

주었다. 그리고 말했다.

"한 주 더 연습해 오세요. 지판을 외운다는 것은 아는 것이
아니라 익히는 겁니다. 마음대로 사용할 수 있어야 해요.
부드럽고 자연스럽게 일정한 리듬으로 누를 수 있어야 해요."

정답을 알면서 나는 물었다.

"그렇게 하려면 어떻게 해야 하나요?"

선생님은 어이가 없다는 듯 웃었다.

"연습하셔야죠."

헤어지기 전 물었다.

"선생님은 지판을 외우시려고 얼마나 연습하셨어요?"

"그냥. 계속했어요. 얼마나……라고 하면 그냥 밥 먹고
자는 시간 말고 계속했어요."

그렇군요, 인사하고 집으로 돌아오는 길에 나는
중얼거렸다.

"아는 것이 아니라 익히는 거구나. 익혀야 사용할 수
있구나."

쓰기도 그렇다. 아는 것이 아니라 익혀야 하고 익히기
위해서는 계속 반복해야 한다. 그렇게 되면 내가 아는 것을
원하는 대로 쓸 수 있고 표현할 수 있는 일말의 가능성이
생긴다. 소설을 쓰기 위해 필요한 지식이란 무엇일까.

스토리를 만드는 방법. 플롯이니 문장이니 진술이니 묘사니 이런저런 개념을 아는 것. 또 뭐가 필요하지? 재능이 필요하고 감각도 필요하며 약간의 문학적 혹은 예술적 기질도 필요할 것이다. 하지만 결국은 그 모든 것을 사용하고 표현하려면 써야 한다. 쓰기 위해 뭘 더 알려고 하는 것이 아니라.

시간이 필요하다. 몇 번이고 몇 번이고 문장을 쓰고, 지우고, 쓰고, 지운 후에 다시 써야 할 시간이 필요하다. 그러다 보면 자연스러워지고 부드러워지겠지. 마침내 생각하는 대로 원하는 만큼 써지는 순간도 오겠지. 아니, 생각했던 것보다 더 잘 써지는 순간도 오겠지. 안다. 이미 알고 있는 걸 익히고 잘 활용하기 위한 더 높은 지식과 앎은 없다.

이런 생각은 소설 창작 시간에 내가 학생들에게 늘 하던 말이었다. 시간과 반복으로만 가능한 어떤 감각과 능숙함이 있다. 그것을 대신할 획기적인 방법과 새로운 앎은 없다. 마음을 뜨겁게 만들어 줄 한 줄의 촌철살인을 기대하지 말고 지금 쓰고 오늘 쓰자. 내일도 모레도 쓰고…… 그냥 쓰는 사람이 되자.

쓸 줄 몰라서 못 쓰나. 안 써서 못 쓰지. 방법이 없어서 못 하나. 안 해서 안 하는 거지. 잘 쓰려면 일단 써야 할 텐데

쓰질 않으니 잘 쓸 기회조차 없는 거야. 잘 쓰기 위해서.
엉망으로 쓰지 않기 위해서. 조금 더 생각하고 마음을
정리하다 보면 피곤해지지. 오늘은 그냥 자고 내일 하고 싶은
마음이 합리적인 생각인 듯 나를 침대로 이끌곤 해. 아, 이런
바보 같은 마음아.

내가 하려던 그 말

한국에서 방영되었다가 미국에서 리메이크된 드라마 「굿 닥터」는 자폐가 있지만 의학에 천재적인 재능을 가진 의사 숀 머피가 외과 병동 레지던트로 일하는 이야기를 담고 있다.

숀은 보편적인 의미로서 사회성이 부족하다. 의학적 지식과 실력은 누구보다 뛰어난 천재지만 그 외에 모든 면에서는 고집불통 아이 같은 모습을 보인다. 비유와 유머의 뉘앙스를 구별하지 못하는 숀은 동료들과 소통하는 것에 어려움을 겪고 환자들과 원활하게 대화하지 못한다. 숀은 사실과 진실을 말했을 뿐인데 환자는 충격을 받는다. 진실과 거짓을 명확히 구분하는 그에게는 선의의 거짓말이 있고 어떤 진실을 상처를 준다는 모순을 이해하지 못한다. 경우에 따라 진실보다는 거짓을, 직설보다는 돌려 말해야 할 때가 있다는 것이 그에게는 어렵기만 하다. 동료 의사가 숀에게 조언한다.

"숀. 환자를 자극하는 말은 하지 마."

숀은 묻는다.

"말하기 전에 상대방에게 자극적일지 자극적이지 않을지 어떻게 압니까?"

동료는 그런 걸 일일이 어떻게 설명하느냐는 표정을 지으며 고개를 저었지만 나는 그 장면에서 멈춤 버튼을 누르고 오랫동안 생각했고 그 후로 몇 주가 흘렀지만 지금도 숀의 그 질문을 생각하고 있다.

'그러니까 말이야. 말하기 전에 그 말이 상대방에게 어떻게 들릴지 사회성이 강한 우리들은 도대체 어떻게 아는 걸까? 안다고 생각하는 것뿐…… 실제로는 모르는 것 아닐까?'

사회성이 강하고 매너 있는 자들은 사려 깊게 말하고 상대를 배려하며 말한다. 내 말이 그를 불편하게 하지는 않을까? 솔직하게 말하면 상처받지 않을까? 이 질문은 싫어하지 않을까? 솔직하게 내 생각을 다 말하면 그가 당황하지 않을까? 고민하고 또 고민한다. 표정을 살피고 신중하게 단어를 고르고 또 고른다. 그렇게 우리는 오늘도 누군가를 자극하지 않는 것에 성공했다.

그런데 우리는 간과하고 있는 게 있다. 하려고 하는 말, 하려고 했던 말, 해야만 하는 말, 그 말이 갖는 본질적인 의미와 역할을 잊고 있는 것이다. 표현을 고민하다가 내용이 유실된다. 단어를 고르다가 의미는 사라진다. 감정은 희석되거나 부정되고 내 말을 들었지만 상대는 내 마음을 모르고 나 역시 그의 마음을 모른다. 그토록 애써서 말하고 또 말했지만 내 말은 누구의 마음에도 들어가지 못했고 어떤 사람의 감정도 움직이지 못했다.

손처럼 말해 주는 사람이 내 곁에 있었으면 좋겠다. 내 마음은 내가 알아서 할 테니까 보이는 것을 보인다고 말해 주고 해 줘야 하는 말을 해 주는 사람이 있었으면 좋겠다. 온종일 사려 깊게만 말하는 나는, 잘 말하지 못할까 봐 차라리 말하기를 포기하는 나는, 오늘도 누구도 자극시키지 않고 무사히 하루를 보냈지만 그런 내 자신이 한심하고 짜증이 나서 종종 소리를 지른다.

나는 손처럼 말하고 싶다. 때로는 손처럼 쓰고 싶다.

가끔은 정말 손이 되고 싶다.

"나는 당신이 싫습니다." "나는 이것이 좋고 그것은 별로입니다." "나는 무섭습니다." "질투가 났어요." "화가 납니다." "사랑합니다." "이제 당신과 다시는 만나고 싶지

않습니다." "왜 당신은 나를 사랑하지 않습니까?" "거짓말
하지 마세요." "미안합니다. 사실입니다." "저리 꺼져."

구하기 전에 먼저 원할 것

잠들기 전 『플래너리 오코너의 기도 일기』를 조금씩
아껴 읽고 있다. 플래너리 오코너. 소설은 읽어 봤는데 그의
사적인 마음이 담긴 글은 처음이었다. 놀랐다. 소설을 통해
막연하게 갖고 있던 그에 대한 인상과 예상이 크게 달랐던
것이다.

나는 서른아홉 살의 이른 나이에 병으로 죽기 전까지
대단한 소설들을 써 냈던 그가 분명 엄청나게 시니컬하고
터프하며 자존감이 높고 강인한 사람일 줄 알았다. 예리한
통찰력과 긍지 높고 오만한 인식으로 이글이글 타오르는
사람일 거라고 생각했다. 단편소설 「좋은 사람은 찾기
힘들다」에서 보여 주는 이야기 진행 방식과 캐릭터의 면면을
보면 과감함을 넘어 악함까지 느껴졌기 때문이다.

때문에 그가 쓴 기도 일기라면 냉소와 유머, 그리고 신과 운명을 향한 질문이 가득할 것이라고 생각했는데 아니었다. 그의 기도는 너무도 지극했고 순수했으며 그 마음이 투명하여 아프기까지 했다.

  나도 일기를 쓴다. 하지만 솔직하게 정직하게 쓰는 것은 쉽지 않다. 일기는 아무도 읽지 않는(읽을 수 없는) 글이라는 것은 잘못된 정의다. 일기는 내가 쓰고 나중에 나에게 읽히게 된다. 일기라는 장소에 솔직한 나를 발설하고 누설하고 싶지만 동시에 그것을 확인할 내가 느낄 마음은 두렵고 싫다. 약해질까 봐. 부끄러울까 봐. 둘 이상으로 섞인 마음 중 가장 안 좋은 마음이 대표 마음이었다는 것을 확인하게 될까 봐.

  하나님. 제 일 때문에 너무 낙담이 됩니다. 맥이 빠지는 느낌입니다. 제가 무엇을 깨닫는지도 모르고 있음을 깨닫습니다.
  하나님 제가 좋은 작가가 되게 도와주시고, 다른 글도 인정받도록 도와주십시오.[14]

  ---

  14 플래너리 오코너 저, 양혜원 역, 『플래너리 오코너의 기도 일기』(IVP, 2019), 29쪽.

당신이 제게 이야기를 떠오르게 하신 덕분에 오늘 밤은 실망스럽지 않습니다. (……)

하나님 이 이야기가 되고 과정에서 지나치게 명료해져서 거짓되고 천박한 해석이 일어나지 않게 해 주십시오.[15]

은혜를 구합니다. 하지만 단지 구하기만 해서는 안 된다는 것을 깨닫습니다. 그러니까 정말로 그것을 원해야겠지요.[16]

그는 밤마다 자신의 연약함과 실패를 인정하는 사람이었다. 그것으로 인해 낙담하고 고통을 겪었다. 좋은 작가가 되고 싶은 열망으로 충만했지만 불안과 근심으로 매 순간 긴장하며 시달렸다. 좋은 이야기가 떠오르면 기뻐하고 그것을 실제로 문장으로 써 나가면서 행복을 느꼈다. 마지막 순간까지 자신의 원고를 손에서 놓지 않는(못하는) 작가였다.

그의 기도문 중에서 가장 마음에 남았던 건 은혜를 구하면서도 그 전에 자신이 원해야 한다는 자각이었다. 구하고 바라는 것은 소망의 영역이지만 그것을 구체적으로

15 위의 책, 31쪽.
16 위의 책, 22쪽.

이루기 위해서는 스스로가 원해야 한다는 것.

'원하다'라는 문장의 품사가 궁금해졌다. 물론 직관적으로 동사라는 것을 알고 있었지만 내게는 그것이 움직이는 문장이 아닌 개념과 관념처럼만 느껴졌다. '원하다'는 동사였다.

좋은 작가가 되길 원한다는 것은 다음과 같은 동사를 필요로 한다. 읽는다. 쓴다. 생각한다. 이렇게 써 본다. 저렇게 써 본다. 고쳐 쓴다. 쓰기를 위해 용기를 낸다. 엉망인 원고를 솔직하게 인정한다. 힘을 내어 고친 글을 읽어 본다. 경우에 따라서는 원고를 폐기한다. 혹은 절대로 폐기하지 않는다. 누군가에게 보여 준다. 독후감을 경청한다. 다시 희망한다. 좋은 생각과 이야기가 떠오르면 좋아한다. 이 모든 것을 계속 반복한다.

원한다는 것은 그것을 위해 무엇인가를 계속한다는 뜻이다. 그냥 바라고 느끼기만 해서는 곤란하다. 기도하는 순간까지도 플래너리 오코너는 알았던 것이다. 은혜를 구하기 전에, 바라기 전에 내가 먼저 그것을 원해야 한다는 것. 진짜 원한다면 작가가 해야 할 일을 먼저 해야 한다는 것을.

'구하기 전에 먼저 원할 것.' 당분간 내 좌우명.

어떤 책은 다 읽고 난 뒤 마지막 장에 붙은 예쁜 색지를 물끄러미 바라보게 된다. 독후에 남은 감각이 물처럼 마음에 스며드는 것 같아서 그 기분을 가만히 느껴 보는 것이다. 어떻게 썼을까? 이걸 쓰면서 힘들었을까? 쓰는 데 얼마나 걸렸을까? 이 작가는 이 소설을 쓰면서 즐거웠을까? 작가가 소설에 써넣은 그것은 작가의 것일까? 이런 생각 저런 생각 하다 보면 색지에 낙서를 하고 싶어진다. 밑줄 그은 것을 깨끗한 글씨로 베껴 적고 싶고 간략한 독후감을 두서없이 써넣고 싶다. 때로는 졸라맨이나 고양이, 나무와 모자 같은 그림을 그리고 싶다. 아주 가끔은 작가에게 편지를 쓰고 싶어진다. "친애하는 ○○에게. 당신의 소설 잘 읽었습니다. 어쩜 이렇게 소설을 잘 쓰시는지 부럽습니다." 잘 쓰는 작가가 많고 좋은 소설도 많다. 질투심이 들었다가 나도 열심히 써 보자는 마음이 들었다가 감정이 왔다 갔다 한다.

오늘 밤 분투했으나 그냥 자야 할 것 같다. 어제 쓴 문장 뒤로 한 문장도 추가하지 못했다. 문득 생각나는 정보 하나.
'개미지옥에 개미가 잡히는 건 한 달에 한 번 정도라고 합니다.'
그걸 생각하는 이유는 뭐야. 한 달에 한 번 사냥에 성공하는 개미지옥도 있는데 힘을 내 보자! 뭐, 그런 건가?

아니다. 아니야. 예전에는 그렇게 생각했었는데 지금 생각은
다르다. 그 구덩이는 개미의 지옥이 아니라 개미지옥의
지옥이다. 개미지옥은 사냥 방법을 바꾸거나 개미에게
지옥을 맛보게 할 구덩이의 설계를 바꿔야 한다. 바보 같은
개미지옥. 미련한 개미지옥. 그리고 금방 시무룩해지며
개미지옥에게 미안한 마음을 갖게 된다. 열심히 사는
개미지옥에게 괜히 시비를 걸고 뾰족한 화살을 날리는
못난이 같은 밤이다. 노트북을 덮고 스탠드를 끄고 의자에서
일어섰다. 오늘은 글렀다, 중얼거리며 창밖을 봤는데 눈
온다. 노트북을 열고 한 문장 썼다. 그리고 다시 닫았다.

눈이 온다.

그게 유령의 삶이라면
— 황정은, 「대니 드비토」를 읽고

유령이 있을까? 죽음 이후, 영 혹은 혼이라고 하는 것은 어떻게 되는 걸까. 어디로 가는 걸까. 소멸될까. 사라지나. 영혼. 귀신. 원령. 유령. 등등으로 표현되는 존재로 변할까. 모른다. 아무도 모른다. 죽음을 증명하고 증언할 수 있는 이는 아무도 없으니까. 하지만 이야기는 많다. 죽음 이후의 세계. 죽은 자들의 삶. 그것을 모두 허구라고, 지어낸 거라고, 할 수 있을까.

나는 믿는다. 영이든 혼이든 영혼이든 의식이든 무엇이든 죽어도 죽은 것이 아닐 거야. 세상에 존재하는 수많은 이야기는 괜히 만들어지는 것이 아닐 거야.

소설가 황정은의 단편소설 「대니 드비토」의 등장인물,

유라와 유도는 연인이다. 둘은 묘, 하고 우는 복자라는
이름의 동물과 함께 사랑하며 살고 있다. 그런데 어느 날
유라가 죽는다. 소설은 유라의 독백으로 시작된다.

펭귄맨이었던 배우의 이름이 뭐였더라, 하고 생각한 순간에
깨달았다.
나는 죽고 만 것이다.[17]

몸을 잃은 영혼들의 이야기는 많지만 「대니 드비토」는
내게 특별한 소설이다. 읽은 이후로 도무지 잊히지 않는다.
어째서인지 계속 떠올라 입술에 맴도는 멜로디처럼
사라지지 않는다. 슬프고 쓸쓸한데 한없이 사랑스러운
이야기. 원령이 된 유라가 이승에 남은 유도와 함께 산다는
이야기는 얼핏 지극하고 사랑스러운 로맨스처럼 느껴지지만
읽어 보면 안다. 그렇지 않다.
유라는 유도를 볼 수 있지만 유도는 유라를 볼 수 없다.
유라가 말하면 유도는 듣지 못한다. 유도가 말하면 유라는
듣는다. 하지만 유라가 듣는다는 것을 유도는 모른다.

17 황정은, 「대니 드비토」, 『파씨의 입문』(창비, 2012), 35쪽.

유라.

어느 날 저녁에, 유도 씨가 나를 불렀다.

(……)

머리를 빗으면서, 구두를 신으면서, 면도기를 물에 헹구면서,
복자의 물그릇에 물을 채우면서, 유도 씨는 무심히 내 이름을
말했다. (……) 나는 그저 말로 아무것도 바랄 것도, 기댈 것도
없는 두 음절의 말로서, 유도 씨의 입버릇이 되었다.

유라.

응.

유라.

응.

매번 틀림없이 대답을 했지만 나는 조그만 힘도 없는
원령이라서, 대답해도, 유도 씨는 내 대답을 듣지 못했다.[18]

서로의 이름을 부르지만, 서로를 그리워하지만, 같은
공간 같은 시간 속에 존재하지만, 완전히 고립되어 각각
혼자 있는 이 풍경. 너무 슬프다. 독자는 이야기 바깥에서 이
상황을 알고 유도와 유라의 모습을 다 볼 수 있다. 때문에
더 애틋하게 느껴진다. 속이 타고 속이 상한다. 유라 씨는

18 위의 책, 39~40쪽.

그날을 기다린다. 같은 존재가 되어 같은 층위에서 같은
상태가 되어 함께 만나고 알아보고 이야기할 수 있는 날을.

유도 씨, 부르면 유도 씨가 응 하고

유라 씨, 부르면 유라 씨가 응 하고 대답하는 날.

하지만 그런 날은 빨리 오지 않았다. 유도 씨는 차츰
유도 씨의 삶을 산다. 유도 씨의 입장에서는 평범한 삶의
흐름이지만 유라 씨의 입장에서는 가슴 아플 삶의 변화들.
유도 씨는 새로운 사람 미라 씨를 만난다. 이제 유라 씨는
더 이상 자신의 이름을 부르지 않는 유도 씨와 유도 씨가
사랑하는 미라 씨를 함께 봐야 한다. 유라 씨는 그 집(유도
씨와 유라 씨의 공간이었지만 지금은 유도 씨와 미라 씨의
공간인.)에서 머물며 많은 생각을 한다. 자신이 지금 벌을
받고 있는 것은 아닌지 하고.

세상에 유라 씨. 벌을 받고 있다니요. 나는 소설 바깥에서
말없이 이야기를 따라 읽다가 이 장면을 보고 마음이 아팠다.
유라 씨에게 말을 걸어 그렇게 생각하지 말아 달라고 외치고
싶을 정도로. 그러나 유라 씨, 유도 씨, 독자 씨, 모두 각각
서로에게 관여할 수 없다. 안다. 알아. 막막하고 먹먹한 날들.

유라 씨는 아랫집 노인의 죽음을 지켜본다. 그
노인의 원령은 유라 씨처럼 여기에 남지 않고 사라진다.

소멸되었는지, 다른 세계로 떠났는지, 알 수 없지만 적어도 유라 씨처럼 여기에 남아 누군가를 바라보고 기다리는 신세가 되지는 않았다. 유라 씨는 생각한다. '나는 왜 그렇게 되지 않는 걸까. 왜 진작 그렇게 되지 않았을까.' 유도 씨와 미라 씨는 잘 살고 잘 지내다 아이를 낳고 함께 세월을 보낸다. 그 세월 속에 유라 씨가 있다는 것도 모른 채.

그동안 나는 누군가 죽으면 남은 자들은 이승에 있다고 생각했다. 장례식에 가도 사진 속의 그 사람보다 상복을 입고 고개를 숙인 이들이 더 안타깝게 느껴졌다. 공허. 쓸쓸. 슬픔. 마비. 우울. 의문. 의심. 분노. 다시 공허. 그리고 반복. 이것을 겪고 견뎌야 할 텐데 가엾고 짠했다.

「대니 드비토」를 읽고 떠난 자들의 입장도 생각할 수 있었다. 여기에서 떠났을 뿐 저기에 서서 이곳을 보고 있다면 그들의 기다림은 얼마나 길고 대책없는 것일까. 죽어 사라진 것이 아니라, 천국에 가고 지옥에 가고 다시 태어나는 것이 아니라, 관여할 수 없고 참여할 수 없는 세계에 남겨진 자가 되는 것. 그 마음을 처음으로 생각해 봤다.

행복한 모습. 괴로운 모습. 보기 싫은 것. 견디기 싫은 것. 심지어 죽음까지 모두 지켜봐야 하겠구나. 줄어들지 않은 마음과 감정을 생생하게 품고서 지켜만 본다는 것. 안아 줄 수 없고, 손 잡을 수 없고, 약을 줄 수도, 연고를 발라 줄 수도 없는데 사랑하는 마음은 그대로라니. 그게 유령의 삶이라면.

유라.

(응)

유라.

(응)

함께 쓰는 소설

소설은 작가가 쓴다. 그러나 독자가 읽게 되는 소설은 작가 혼자 쓴 건 아니다. 완성된 소설과 책에는 여러 사람들의 손자국과 지문이 묻어 있다.

소설을 써서 보내면 편집자는 원고를 편집한다. 문장을 만지고 다듬고 고치는 것을 넘어 소설의 내용과 흐름을 살피고 필요한 것과 불필요한 것을 선별한다. 오류를 잡아내고 작가의 의도가 모호하고 흐릿해 보이는 장면과 단락에 선명함과 정확함을 부여한다. 어떤 표현 하나를 놓고 작가에게 생각할 거리를 던져 주고 때로는 더 나은 표현을 제시하기도 한다.

그동안 독자가 읽은 내 소설 속 문장은 많은 편집자들의 도움으로 완성됐다. 편집자가 단어 한 개 문장 한 줄 넣거나 빼 주지 않았다면 소설은 마무리될 수 없었을 것이다.

편집자에 대한 생각과 경험은 작가마다 다를 것이다. 첫 문장부터 마지막 단어 하나까지 소설은 오직 작가만 써야 한다는 믿음을 가진 작가는 편집자가 원고에 어떤 식으로든 관여하는 것을 원치 않는다. 또 어떤 작가는 발상과 아이디어부터 편집자와 논의하고 적극적으로 생각을 주고받는 작가도 있다.

나는 편집자를 내 글을 가장 많이, 또 깊고 넓게 읽어 주는 최초의 독자라고 생각한다. 또한 작가의 편에 서서 어떻게 하면 이 글이 독자에게 잘 전달되고 잘 표현될 수 있을까, 고민하고 염려하는 무조건적인 내 편이라고 믿는다. 편집자의 도움으로 어떤 소설의 제목을 정할 수 있었고, 잘못된 정보를 고칠 수 있었으며, 둘 이상으로 해석될 수 있는 모호한 표현을 바로잡을 수 있었다.

편집자가 고마운 건 쓴 소설을 더 좋게 만들어 준 것도 있지만 아직 쓰이지 않은 소설을 쓸 수 있게 도와줬기 때문이다. 돌이켜 보면 소설을 쓸 때, 어떤 책을 완성할 때, 편집자의 도움이 절대적이었다. 만약 그들이 없었다면 어떤 원고는 완성하지 못했을 것이고 어떤 책은 지금까지도 내 컴퓨터 폴더 속에서 얌전히 잠들어 있을 것이다.

그들은 소설을 쓸 수 있도록 칭찬해 주었고 좋다, 좋다, 해 주면서 용기를 주었다. 더는 못 쓰겠다고 우는 소리를 하면 '힘든 거 안다. 이해한다.' 위로해 주며 다시 쓸 수 있도록 격려해 주었다. 잠깐 시간을 달라고 하면 정말로 잠깐만 기다려 주었고 이내 다시 소설 잘 쓰고 있는지 안부를 물었다. 그리고 정말 소설을 쓰지 못할 때는 잠잠이 기다려 주었다. 그 적절한 위로와 다그침이 글쓰기에 얼마나 큰 도움이 됐는지 말로 다 할 수 없다.

첫 번째 소설집과 첫 장편, 그리고 세월이 흘러 중편을 만들어 준 L. 두 번째 소설집과 동화를 만들어 준 MJ. 세 번째 소설집과 두 번째 장편을 만들어 준 K. 중편소설을 만들어 준 Y와 세 번째 장편소설을 만들어 준 P. 그리고 일일이 열거할 수 없는 많은 이름들. 생각을 생각나게 해 주고 어지러운 이야기를 정리할 수 있게 해 준 사람들.

그들이 없었다면 많은 장면을 쓸 수 없었을 것이고 주저앉은 자리에서 일어설 수 없었을 것이다. 그들은 독자들이 내 글을 잘 볼 수 있도록 돕는 안경이자 작가가 소설을 쓸 수 있도록 곁에 있어 주는 좋은 문우다.

그들이 고맙다. 앞으로도 나는 그들이 있다면, 먼저 읽어 주는 사람이 있다면, 깊이 읽어 주는 사람이 있다면, 호의와

존중과 사랑으로 내 소설을 나보다 더 염려하는 이가 있다면,
계속 쓸 수 있을 것이다.

그리고 소설에 관해 쓴 이 글 『소설 만세』를 기획하고
처음부터 지금까지 내내 도와준 J에게 마음 다해 감사하다.
덕분에 내가 소설을 어떤 마음으로 썼는지 살펴볼 수 있었고
말할 수 있었고 고백할 수 있었다. 소설을 어떻게 썼는지
이렇게 저렇게 말하는 건 언제나 민망하고 어색한 일인데
때마다 시절마다 J는 말해 주고 도와주고 끌어 주었다.
그리고 독자들은 절대 볼 수 없겠지만 완성된 이 책에 보이지
않는 많은 취소선들과 메모와 의견이 내 글을 더 내 글답게
만들어 주었다.

그래서 나는 마지막 원고를 쓰는 지금 이 순간까지 처음과
같은 마음으로 자신 있게 '소설 만세!'라고 말할 수 있다.

마지막으로 이 글을 읽어 준 독자님들. 감사합니다.
여러분들의 삶에서 가치 있고 의미 있다고 믿는 그것을
인세나 소중히 간직하세요. 그리고 그것과 함께 살며 자신
있게 만세!를 외칠 수 있는 행복한 날들 되세요.

그럼 안녕!

ᗺ 매일과
영원

소설 만세
정용준 에세이

1판 1쇄 펴냄 2022년 8월 12일
1판 3쇄 펴냄 2023년 10월 17일

지은이   정용준
발행인   박근섭·박상준
펴낸곳   (주)민음사

출판등록   1966. 5. 19. 제16-490호
주소   서울시 강남구 도산대로1길 62(신사동)
           강남출판문화센터 5층(06027)
대표전화   02-515-2000 | 팩시밀리   02-515-2007
홈페이지   www.minumsa.com

ⓒ 정용준, 2022. Printed in Seoul, Korea

ISBN 978-89-374-1951-5 (04810)
ISBN 978-89-374-1940-9 (세트)

* 잘못 만들어진 책은 구입처에서 교환해 드립니다.